魯迅文學獎作品選 *2*

詩 歌 卷

人 間 出 版 社
中國作家協會 　合作出版

目　錄

《魯迅文學獎作品選》出版說明

　　魯迅文學獎為大陸最高榮譽的文學獎項，分七類評審，中篇小說、短篇小說、報告文學、詩歌、散文雜文、文學理論評論、文學翻譯。長篇小說的選拔由茅盾文學獎負責。就文學體裁、門類而言，魯迅文學獎選拔範圍更為完整。凡評獎年限內發表（包括在擁有互聯網出版許可證的網站上發表）、出版的作品均可參加評選。魯迅文學獎每三年評審一次，自 1995 年開始舉辦，至今已歷五屆。

　　大陸的文學獎跟台灣的文學獎最大的不同是，大陸的文學獎均就已發表作品進行推薦選拔，而台灣的文學獎則由新進作家將從未發表的作品投稿參選。台灣的文學獎重視提拔新人，而大陸的文學獎則在眾多作家、作品中進行選拔。台灣文學園地較小，新人出頭不易，因此台灣的文學獎均重視新進作家的培養。反之，大陸雜誌、報刊眾多，發表作品比較容易，在已發表作品中進行選拔，確有必要。

　　大陸文學獎還有一點跟台灣不同。魯迅文學獎和茅盾文學獎均由中國作家協會負責，具有官方性質。另外，凡是參與評選的作品，以及最後進入決選的作品，均先在網路上公告，由讀者反映是否合乎資格（如有抄襲，讀者馬上可以舉

發）。決選作品尚未投票前，讀者均可在網上發表意見，供評審委員參考。

　　魯迅文學獎的評選標準重視貼近實際、貼近生活、貼近群眾，容易被大眾所接受的作品，因此，風格上與台灣的文學獎頗有差異。我們引進魯迅文學獎的作品選，一方面想讓台灣讀者了解大陸文學獎的狀況，二方面也可以透過這些作品接觸另一種型態的寫作方式。兩岸的讀者與作者如果能互相觀摩、交流，相信對於兩岸的文學發展都會產生有利的促進作用。

溫柔或荒涼的人事
——讀《魯迅文學獎作品選—詩歌卷》

陳義芝

不久前我寫了篇〈補修艾蕪文學這門課〉，強調兩岸隔絕導致斷裂的 1930、40 年代新文學史，亟待修補。我說：「修補斷層，需要一個世代的人加倍努力。」

解嚴前，無緣認識一些國共分治後留在中國大陸的作家作品，是時代阻絕，非個人因素，解嚴後呢？

日前呂正惠教授出示人間出版社即將付印的《魯迅文學獎作品選——詩歌卷》，我驚覺對這些作品的陌生，已沒有時代斷裂因素可抵賴，只能怪自己的囿限——喜愛讀詩，關切當代詩的發展，但閱讀層面竟未拓展。這不僅是我一人的問題，也是台灣的讀者及文學研究者普遍的狀況：眼光只放在台灣島內，不及於香港、對岸，更不要說世界華文圈了。讀《魯迅文學獎作品選——詩歌卷》，欣賞九位脫穎而出的詩人代表作，因而也是一次珍貴的當代文學補課。

以作家命名的文學獎，寓含有作家創作成就的形象高度。魯迅是中國新文學前期最傑出的作家，也是至今仍影響深遠的創造者、改革者。他的成就固然以小說及雜文為最，散文詩的奠基，也有高度評價。魯迅說過，「詩文也是人事」，「文藝家的話其實還是社會的話，他不過感覺靈敏，

早感到早說出來」。關注社會現實課題，鎔鑄現代主義詩的表現手法，不出之以直白控訴，代之人情人性的場景，以對比完成一種弔詭的思省深度，是魯迅文學獎作品選詩歌卷的收穫。

九位詩人各有風格，我特別舉兩位：一是林雪，一是雷平陽。

林雪〈來自塌陷區的第 N 個新聞〉，顯示災難隨處發生，「N個」有難以計數的意味。一個外地來的男子陷進一個坑洞：

> 4 小時後，他從 20 多米深的地下重新出現
> 挖掘機挖走了埋沒他的泥沙。那是誰家的人啊
> 和我父親一樣的身高，與我的弟弟同齡
> 穿著我兒子喜歡穿的風衣款式。卻永遠不再回答

敘事者以父親、弟弟、兒子等親人看待受難者，這是最切身的同情，看似最個人也是最深刻的悲憫。這個男子在詩中，穿了一件黑風衣，當他沒入坑洞，「風衣旋轉，裹緊。一朵巨大黑菊的活體花蕊」，成為最驚怵的意象。另一首〈在大風中追趕汽車的媽媽〉，刻繪未在站點停準的公車，使骨質疏鬆、心律不整的母親追出三十米外，敘事者看在眼裡，不捨在心裡，她不僅看見自己的母親受苦，也看見了在大風中奔跑的與自己母親一模一樣的其他女人。林雪的詩不

去描述扁平、概念化的大愛，而能從個人密切相關的倫理、地理，彰顯出一種光輝，以〈我歌唱塵埃裡深積的人民〉為例，一首呼喚赫圖阿拉地名的詩，她借一個女人轉身，攪動起空氣，也攪動了歷史、禁制，從而召喚「塵埃裡深積的人民」。筆法新穎，想像力奇崛。

　　與林雪同樣具有創造想像跨度的是雷平陽，他將敘事元素提高到象徵層次，而又帶有寂靜冥想，既現實又神祕的特質。雷平陽的詩，粹鍊度極高：〈奔喪途中〉將靈魂、血緣、思念具象化成鐵絲上掛著的一件父親沒有收走的棉衣。〈末日〉凸顯「語言」的重要，一旦失去了原來的語言，世界就死了。〈在墳地上尋找故鄉〉痛惜村莊的變異，與祖靈說話那一筆十分深沉，巨大的滄桑之感分明有現實的關懷。〈火車開往暗處〉以沉重的列車，引我們思索生命過程裡的欲望、一些難以表述的躲在暗處的東西，以及虛空。〈窮人啃骨頭舞〉彷彿一篇寓言，石頭廣場即人間舞台，「拚命爭奪著一根骨頭」令人聯想到魯迅的〈復仇〉，所謂無血的大戮。〈荒城〉將原始渾樸的曠野與人文體制鍛接，產生奇幻的圖像、意想不到的新鮮思維。〈礦山屠狗記〉將死神的陰影化成視覺感官「翻著白眼，裂開紅嘴」，或聽覺感官「耳朵裡死神無止無休的朗讀」，最後扣回整首詩的是「另一個看不見的，更黑、更深的礦洞」。顯然是一位才華洋溢的詩人。

　　一個詩人只要具有感發興會的抒情能力，及塑造內容肌理的敘事工夫，其詩作就有境界。讀者從詩中能夠讀出一些人生事件，帶著知性，深入感性，追究生命的溫柔或荒涼，閱讀就有喜悅、就有回味。

　　魯迅文學獎作品不見得能代表中國極其多樣複雜的文學面相，但畢竟是經過激烈競爭、評選過的，作為黃金板塊的一部分，有助於我們縮小中國當代詩的搜索範圍，鎖定對象進行更深入的了解、研究。

　　我這篇短文只舉了兩位詩人的詩作，略做解讀。相信讀者細加賞閱全書，在風格比較中，一定能掌握更多人事意涵，領受更豐富的審美意趣。這不是只讀台灣當代詩可以體會到的。

2013.11.19 台北翠山

　　陳義芝，師範大學國文系教授，詩人，散文家，評論家

娜 夜

娜夜小傳

　　滿族，遼寧興城人。南京大學中文系畢業。20 世紀 80 年代中期開始詩歌創作。著有詩集《回味愛情》、《冰唇》。中國作家協會會員。現居蘭州。在某新聞單位工作。

評委會評語

　　中國女性詩歌經過 20 世紀 80 年代的濫觴期，進入了 90 年代至今的湧流階段，詩壇出現了許多思想和藝術表現力雙映生輝的女性詩人。滿族青年詩人娜夜是其中引人注目的代表之一。《娜夜詩選》匯集了詩人近年創作的精品 140 餘首，這些詩有著濃郁的個性生命體驗，並由此折射出較開闊的生存現實。詩人以女性的細膩感受，寫出了日常生活中本真的人性、情感的欣悅和糾葛，吟述了對生命和生存的摯愛。在詩歌語言上，娜夜採用的是異質融會的方式。她的一些詩，在輕逸中常含有內在的沉實，既有口語的自然和腴潤，也不乏精敏的深層意象或隱喻。詩人將不同的語型和諧地融為一體以保持詩歌語境恰當的張力，體現了她較高的綜合創造力。評委會決定授予娜夜的詩集《娜夜詩選》以第三屆魯迅文學獎全國優秀詩歌獎。

生活

我珍愛過你

像小時候珍愛一顆黑糖球

舔一口

馬上用糖紙包上

再舔一口

舔得越來越慢

包得越來越快

現在　只剩下我和糖紙了

我必須忍住：憂傷

現在

我留戀現在

暮色中蒼茫的味道

書桌上的白紙

筆

表達的又一次

停頓

危險的詩行

——我渴望某種生活時　陡峭的內心

飛雪下的教堂

在我的辦公桌前　抬起頭
就能看見教堂
最古老的蕭穆

我整天坐在這張辦公桌前
教人們娛樂　玩
告訴他們在哪兒
能玩得更昂貴
更刺激
更二十一世紀
偶爾　也為大多數人
用極小的版面　順便説一下
舊東西的新玩法

有時候　我會主動抬起頭
看一看飛雪下的教堂
它高聳的尖頂
並不傳遞來自天堂的許多消息
只傳達頂尖上的　一點

祈禱

在無限的宇宙中
在燈下
當有人寫下：在我生活的這個時代……
哦　上帝
請打開你的字典
賜給他微笑的詞　幸運的詞

請賜給一個詩人
被他的國家熱愛的詞
──這多麼重要！

甚至羚羊　麋鹿　棕熊
甚至松鼠　烏鴉　螞蟻
甚至──

請賜給愛情快感這個詞
給孩子們：天堂
也給逝者

當他開始回憶

或思想：

在無限的宇宙中

──在我生活的這個時代……

噢 上帝 請賜給他感謝他的國家

和您的詞

寫作

讓我繼續這樣的寫作：
一條殉情的魚的快樂
是鉤給牠的疼

繼續這樣的交談：
必須靠身體的介入
才能完成話語無力抵達的……

讓我繼續信賴一隻貓的嗅覺：
當牠把一些詩　從我的書桌上
叼進廢紙簍
把另一些
叼回到我的書桌上

讓我親吻這句話：
我愛自己流淚時的雙唇
因為它說過　我愛你
讓我繼續

女人的　肉體的　但是詩歌的：
我一面梳妝
一面感恩上蒼
那些讓我愛著時生出了貞操的愛情

讓我繼續這樣的寫作：
「我們是詩人——和賤民們押韻」
——茨維塔耶娃在她的時代
讓我説出：
驚人的相似

啊呀——你來呀　你來
為這些文字壓驚
壓住紙頁的抖

在夢裡

在夢裡
那些自殺的詩人朗讀在那邊寫下的詩歌

詩歌裡有死
聲音更寂靜了

鷹和魚在舞蹈　茨維塔耶娃在轉身：
不　請不要靠近我
這個女人怎麼會有這麼蒼涼的背——
一個詩人的背！

夢裡　我看見他們——那些自殺的詩人
一個個
謎底似的笑：

——死有一張被意義弄亂的臉

母親的閱讀

列車上
母親在閱讀
一本從前的書
書中的信仰
是可疑　可笑的
但它是母親的
是應該尊重
並保持沉默的

我不能糾正和嘲諷母親的信仰
一代人有一代人的不同
也不為此
低頭羞愧

人生轉眼百年
想起她在瀋陽女子師範時
扮演唐婉的美麗劇照
心裡一熱

摘下她的老花鏡：

鄭州到了　我們下去換換空氣吧

眺望

風雲從蒼白轉向暗紅
在窗前迂迴

爐火熄滅了
一堆冷卻的鐵
和背過臉的裸體
仍維持著烘烤的姿態
倚窗眺望的女人
她的紫色乳房
高過誘惑
裝滿遺忘

她看見了時間也不能看見的

1992 年 3 月 12 日

手寫體

翻看舊信
我對每個手寫體的你好
都答應了一聲
對每個手寫體的再見

彷彿真的可以再見——
廢棄的鐵道邊
圖書館的階梯上
歌聲裡的山楂樹下
在肉體　對愛的
記憶裡

——「我們都是單翼天使　只有相愛才能飛翔」

在愛
愛了又愛
在一切的可能和最快之中……

還有誰　會在寂靜的燈下
用紙和筆　為愛
寫一封情書
寫第二封情書……

——「你的這筆字就足以讓我傾倒……」
你還能對誰這麼説？

一首詩

它靠了靠左邊

又靠了靠右邊

一首詩

得到了氣球與群鴿齊飛時

落下的一根羽毛

詩意中具體的部分——

那隻鴿子　它身體裡的藍天

也隨羽毛

落了下來

2001 年 6 月 28 日

日記

去了孤兒院
月亮是中秋的
月餅是今年的
詩是李白的
孩子們的小衣服是鮮艷的
小手是歡迎的
一切　都是適合拍攝的……
院長的笑容謙虛
辦公室的獎盃是鍍金的
君子蘭是開花的
標語是最新的

哦　孤兒院的歌聲如此嘹亮
我的心卻無比淒涼……

回到家　我認真地叫了一聲：媽

廣場

這是我們的廣場
歡呼時沸騰
沸騰時歌唱
是我奔出課堂
拚命甩過紅綢和鼓棒的地方

是我三歲時第一次和這個時代
合影留念的地方
是我無數次被擠掉鞋子
哭著回家的地方

在我理想的夢中
是一片空地　　鴿子散步
陽光歇腳
人們從廣場上走過
就像露珠從枝葉上走過

就是我指給你看的地方

是我們的廣場
是我用往昔向未來
祝福的地方

2000 年 5 月 5 日

上坡下坡

乾旱的土地

低矮的麥苗

荒蕪的上坡　下坡

在瀰漫的沙塵中靠著牆根歎氣的老人

一隻手指給我們鄉政府

一隻手慌忙捂住衣服上破洞的婦女

她身後患病的

歪歪斜斜的傻孩子

——為什麼我們的詩總是怯於揭示這片土地上的苦難？

睡前書

我捨不得睡去
我捨不得這音樂　這搖椅　這蕩漾的天光
佛教的藍
我捨不得一個理想主義者
為之傾身的：虛無
這一陣一陣的微風　並不切實的
吹拂　彷彿杭州
彷彿入夜的阿姆斯特丹　這一陣一陣的
恍惚
空
事實上
或者假設的：手——

第二個扣子解成需要　過來人
都懂
不懂的　解不開

大於詩的事物

世界是憤怒的
太陽像一坨牛糞

吃羊肉啃羊頭的詩人起身盟誓：來世變成草
我變什麼呢
花瓣還是露水

還是刺？
天知道哪片雲彩裡有雨
誰知道你？　犛牛還是卓瑪

那個叫作上帝的木匠？　一定還有什麼
還沒發生
還在命裡

大夏河　我掏出我的心洗了洗

活著如此漫長　一條完美的裙子

一場愛情的眼淚
還應該有一種隨時準備掉下來的感覺

大於詩的事物：天祝牧場的炊煙

郁蔥

郁葱小傳

原名李叢。當代詩人。生於 1956 年 7 月，現居河北省石家莊市。《詩選刊》雜誌主編，編審。著有詩集《藍海岸》、《生存者的背影》、《世界的每一個早晨》、《郁葱愛情詩》、《自由之夢》、《最愛》、《郁葱抒情詩》等七部，其中《生存者的背影》獲第六屆河北文藝振興獎，《郁葱抒情詩》獲第三屆魯迅文學獎。主編《中國詩選》、《河北 50 年詩歌大系》、《河北歷代詩歌大系》等多部。並著有中篇小說《瞬間與永恆》及中短篇小說、理論文章 50 餘萬字，所著電視劇《藍島意識流》在中央電視台播放。作品被譯成多國文字。中國作家協會會員，中國詩歌學會理事。

評委會評語

《郁葱抒情詩》是由 354 首詩作匯編成的詩集。

這部詩集形散神不散，詩情與理趣均勻而和諧地充溢於全篇。它以洗練、樸素而是靈動的語言，「瞻萬物而思紛，喜柔條於芳春」。

詩作者宛如一個潛泳者，潛入生活與思想的深處；他又像一只飛鳥，飛向陌生、玄妙和多彩的遠方。無論是潛入深處，還是飛向遠方，他都在探尋高尚而清晰的情感。

他的詩告訴人們，詩存在於我們現在還缺少的東西中，存在於我們經歷的橋和路上，存在於我們想要去的地方。

　　詩人與他的詩作熱切地希望讀者理解，無論過去、現在與將來，都存在我們尚未感知的意義；這個世界有真、有純、有美、有恆久的詩情。

　　郁葱的詩使我們領悟到的是，沒有真正的詩人便沒有真正的詩歌。評委會決定授予郁葱的詩集《郁葱抒情詩》以第三屆魯迅文學獎全國優秀詩歌獎。

鳥與天空

樹枝是枯的，
而鳥巢卻是新的，
我們在一支練習曲中，
記錄一個少女和她的親吻，
我知道那裡面有一個夏天，
至今，它仍帶著皺褶，
躲在我衣袋的底部。

「換一群鳥，換一個鳥巢。
換一群鳥，換一支曲子。
換一群鳥，換一片天空。」

2001 年 4 月 28 日

也許以後

也許以後，那些飄浮的灰塵，
成為我們面頰上的瑕垢，
蜂房般密集的情感，
品味起來也顯得淡了。

也許以後，我和你一起在文字裡，
記述我們老運河般的經歷，
而我們蒼老的雙手和吃力的呼吸，
竟然穿不起來那根時間維繫著的鏈條。

也許以後，
我們把一生一直蜷曲著的，
在一瞬間舒展開。

2001 年 4 月 29 日

往返於兩座城市之間

往返於兩座城市之間
我總坐在四號車箱。
那節車箱是雙層的，
每次，我總習慣坐在底層。

底層有些輕微的晃動，
如同我離開時的那個夜晚。
去的時候，窗外總是一些新的景致，
而返回時，那些景致依舊相同。

車過正定大橋時，
我竟然不知道，
究竟哪裡是屬於我的城市。

2001 年 4 月 29 日

我一直沒有自己喜愛的植物

我在一片濕草地的邊緣，
發現一棵我不認識的植物，
——其實我對許多植物一無所知。

你告訴我那叫做單瓣的石竹花，
多年生草本植物，
經過培育，它便成為康乃馨或香石竹。

而有些果實更讓人心動，
我知道了哪些是橡果、松果或者榛果。
偶然間我想起了你的一句詩，
我問你：什麼樣的植物可以不說話？

我一直沒有自己喜愛的植物，
但我覺得面前的這一株，
是一個奇蹟。

2001 年 4 月 29 日

中華大街的早晨

如果舒展些
如果從容些
如果嫵媚些
如果濃郁些

如果熱烈些
如果內涵些
如果衝動些
如果激情些

那些張開的花和葉子
就是中華大街的早晨

如果靜謐，如果優雅
如果抒情，如果樸素
如果單純，如果簡潔
如果浪漫……

中華大街的早晨

很早很早的

早晨

2004 年 7 月 18 日

街道

夏天與秋天相間的傍晚
我們在鋪滿落葉的街上行走
我們在尋找船、陽光和早晨的影子
我們把行人稱之為河流

街道的名字是許多城市共有的名字
我們曾試著把它寫進詩歌
老人歌唱著，而少女喑啞
夜色中有我們漸漸陌生的鐘聲

我們看到更多的人和更多的聲音
像光明一樣，瀰漫在夜和正午
博物館的影子不再沉如歷史
你體味它的感受
和少女浪漫的歌聲相同

在街上，我們常和一些陌生成為朋友
在街上，我們常和一些遙遠成為朋友

有些街道，是我們走出來的
有些街道，是我們鋪出來的
而有些街道，僅僅是我們想像出來的

我們常常在尋找愛
尋找與自己更加接近的渴求
在街道上行走
有時我們想起幾個單詞
當風也成為一種呼吸時
我們便知道它是更接近我們的問候

我們不再幻想一種普遍的詩意
像樹頹然倒下，像路霎然折斷
像一個孩子委屈的抽泣
我們有時甚至盼望天空濛濛的雨意
漫不經心的
落在乾澀的街頭

街道，枯黃而飽滿
不知道這種漫長
使你的那種短暫
亮麗多久？

1999 年 10 月 20 日

廣場的孩子

傍晚，在廣場
一群孩子和另一群孩子
很快成為朋友

在橘紅色的燈光裡
他們手拉著手
奔跑在噴泉的水霧中
和淺淺的草地上
他們不去互相詢問年齡
他們有時停住腳
望一眼大人們規範的舞步
在他們眼裡，大人們多麼滑稽

他們不知道同伴的姓名
——見面時和分手時都不知道
不像大人們，記住了許多身影和面孔
在孩子們的記憶裡
沒有那麼多名字的存在

在廣場，在橘紅色的燈光裡
一群孩子穿梭在人流中
他們手拉著手，聲音和身影都被忽略
沒有人去假設，失去了孩子們的廣場
將是怎樣一塊空間？

傍晚，在廣場
一群孩子和另一群孩子
很快成為朋友

1997 年 8 月 25 日

那古老運河的波紋猶如我們的靈魂

我聆聽著市中心古老運河喃喃的祈禱，
那河的波紋猶如我們的魂靈，
開放在温暖、光亮和豐饒之上。

我們用雙手撫摸每一絲空氣，
都能感受到那凝重深厚的氣息，
然後，我們將那純淨明澄的詩句，
撒播在廣場的陰影裡。

遠處的博物館，
静謐而默然。

2001 年 11 月 12 日

我的身體

我總覺得，這些年，
我的一個身體十分緊湊，
另一個截然相反。

我總覺得，
我的這些年可能太滿了，
也可能太空了。
我的個子應該更高一些，
或者，再矮一點，
眼睛，應該稍稍近視，
嗓音，最好略帶沙啞。

我總覺得，這些年，
走路不要太快，
呼吸，應該更均勻。
身上要有金屬味，
也要有塵垢味，
寫字時，不要把筆握那麼緊，

字的筆劃不清晰時，
也沒必要，
那麼在意。
這些年太潔淨，太溫暖，
連觸摸，也都給了自己想像中的，
最好的那塊皮膚。

有時我在想，其實這些年，
我的身體早已經
四分五裂。

2003 年 11 月 1 日

馬新朝

馬新朝小傳

中國作家協會會員，河南省詩歌學會副會長，現供職於鄭州《時代青年》雜誌社。

寫詩也寫報告文學，出版有詩集《愛河》、《青春印象》、《黃河抒情詩》、《鄉村的一些形式》、《幻河》等，報告文學集有《河魂》等多種，詩歌曾獲得過《莽原》文學獎、《十月》文學獎、第三屆河南省政府獎，作品曾入選多種詩歌選本，有的還被翻譯到國外。

評委會評語

馬新朝的長篇抒情詩《幻河》，以黃河為依托，含容著中華民族豐厚的歷史文化，它以神祇般的光輝照徹古老的東方大地，又以聖靈般的宏奧和深邃縈繞著人的靈魂，於是便與時間相伴，在廣闊的時空裡流淌，經歷滯緩和奔騰、幽怨和憤怒、沉思和反抗、涅槃和新生，從荒漠走向繁華、從狹窄走向開闊，以深層的象徵意味，抒寫了中華民族的文明史。詩人以個性化的感覺方式，觸及政治和文化、哲學和宗教、民俗與愛情，以對文化特徵和時代精神的準確把握，諦聽歷史淵藪的回聲，探究人類發展的奧秘。浩渺的空間和跳躍的時間，恢宏的框架和細膩的描繪、深情的敘述方式和汪洋恣肆的筆墨鋪陳，讓具體與抽象相融匯、古典與現代相統一、繼承與借鑒相和諧，比較美妙地完成了一種藝術承襲，

也比較成功地嘗試了一種藝術拓展。評委會決定授予馬新朝
的詩集《幻河》以第三屆魯迅文學獎全國優秀詩歌獎。

幻河

君不見黃河之水天上來——李白

1

十二座雪峰冰清玉潔　十二座雪峰上沒有一個人影

十二座雪峰守護著　黃金的聖殿

乘坐頌歌的我在裸原上獨坐　傾聽

聖靈　我就是那個被你傳喚的人

我就是那個雪蓮遍地的人

我是一條大水複雜而精細的結構

體內水聲四起　陰陽互補　西風萬里

我在河源上站立成黑漆漆的村莊

黑漆漆的屋頂雞鳴狗叫　沐浴著你的聖光

鷹翅　走獸　紫色的太陽　骨鏃　西風

澆鑄著我的姓氏　原初的背景　峨岩的信條

黑白相間的細節

在流水的深處馬蹄聲碎　使一個人沉默　顫慄

像交錯的根鬚

萬里的血結在時間的樹杈上

結在生殖上　水面上開出神秘的燈影　頌歌不絕

岸花燎人　地平線撤退到

時間與意識的外圍　護身的香草的外圍

高原扭動符號　衆靈在走

十二座雪峰守口如瓶

萬種音響在裸原的深處悄無聲息

2

這就是聖靈存放火焰和香草的高度　這就是超然於

村莊　水甕　絲帛之上的十二座雪峰的高度

黃金的聖殿高不可攀

高處的強光展開經卷　打在登攀者的臉上　打在

鏽鐵的岩石上　如同黑暗

我一生的血氣　一生的道和力也難以觸摸到的

高度啊　透明　蔚藍　寒氣逼人

岩石中一觸即發的閃電　沉睡著的閃電　打開了我內心的

圖像　始祖鳥傳出了久遠的雲影

使我的行走充滿了竹笛和香草

把我披散的夢幻　詞語　血和心跳

用流水擦亮

被光明和萬有不斷抬高　向著太虛

用天空深處的元素　河流的元素　十二座雪峰的元素
黃金的聖殿高不可攀
它高出皇帝的龍袍　高出遍地燈火
飛馬而至的詔書也難以抵達
像河源最先醒來的一縷低音　明亮如絲綢的低音
何處是這裡的門楣　誰是這裡的拉幕人
眾水之上　萬物之上　在約古宗列曲永恆的寧靜裡
走獸的毛轉動著寒冷的裸原
西風萬里的村莊　西風萬里的牛羊匍匐在東方的
斜坡上　天堂的音樂驟起
蓮花燈影裡聖靈在歌唱　那些潦草的字跡和它曾經使用過的
道器　香草　在最初的流水上一再顯現

3

流水滔滔的琴師一臉水氣　高天滾滾的琴師
一臉西風　委地的長袍由浪花縫製
琴弦上一片寧靜　波光閃閃
有走獸的蹄印　有一個人體內微暗的胎記
一萬里的西風走在琴弦上　雨水與閃電走在
琴弦上　陽光萬里
琴弦的深處坐著佩戴香草的聖靈
在流水上涼曬著泛潮的經卷　涼曬著廣布天下的文告
手執星宿的天使們來來往往　天堂的角門敞開

這是淚水與血的源頭　是所有馬匹和速度出發的地方
萬物的初始　孕育著我內心的節奏　詞語　燈火
一滴水就能濺起一片生命的迴響
沒有一個陰影　沒有一個欄柵　流水從高天
滾滾而下　這最初的流水懷抱著生殖和乳房
懷抱著熱愛和讚美

流水孕育的琴師　生殖和乳房的琴師　流水滔滔
琴弦打開了十二座雪峰之上的金匣
喚起河源深處的火焰　擦亮時間額頭上閃爍的
斑點　把西風吹奏的白骨　岩石　廢墟
歸攏到流水的節奏　把我內心的敬畏和歌唱歸攏到
流水的節奏　琴師坐在閃閃的流水上
流水坐在閃閃的琴弦上　彈奏著黃金的聖殿
彈奏著黑夜與白晝　燈火和雨水從琴弦上滾滾而下
月黑風高的村莊　風雨飄搖的姓氏
滾滾而下

4

我歌唱這古老的河流　黎明
在流水展開的經卷上滾動著兩只輪子　陰與陽
像河流的兩隻手掌　像琴師彈奏的琴弦
使裸原上的羚羊奔跑在自己的驚懼裡　那個身背火袋的獵人
那個在鞍轡上橫穿雪域的獵人　手中握著流水的速度

被細細的浪花環繞牽引

流水限制了更多的暴力　使岩石尖銳的聲調

緩和下來　我歌唱這聖靈顯現的河流

流水展開了七十二個峽谷的低鳴

聖靈的真身在浪花裡聚起又分散

在成熟的果子裡說出冬日暗色的枯枝

和夏季的蟬鳴　說出計時的漏壺被秒針取代

話一出口便煙塵滾滾　我看到它的輦車在我所居住的

村莊裡　往返　在梁峁上遇到了西風和嗩吶

燈火像滴落的時間之暗傷

我歌唱這琴弦萬里的河流　流水在暗處敲響

節拍　一種不可違背的預約和力量

女人們目光如水　男人們湧動大潮

當山嶽聚攏　村莊四散　鐵成為鐵

音樂找到了古老的琴弦　羊群在青草上安頓下來

我已經摸到了你在西風中為我設下的

香草　水甕和三重冕　我歌唱這古老的河流

黃金的聖殿陽光普照

鐘聲不絕

5

水邊的族類們全都抬起了頭

向東　向東　你開始走下一個個台階

流水在降低著高度
降低到國家話語以下　經幡以下
肉體可以觸摸的溫度
降低到小羊羔猛一抬頭就能夠碰到的乳頭

你那伸向無限的手
是骯髒的氈房與羊群之間土伯特人遲緩的目光
水邊的族類們全都抬起了頭
牛角和睪丸的陰影裡　　我轉動著手中灌滿了西風的經輪
在午後的瞌睡裡把六字真言強調
你在牛糞火上飄散的酥油香裡講述著萬有

站在雲端手持杏黃旗的天使們
記著了我　　他們在我一首詩的韻腳裡放下祭火
放下祝福和水光　水邊的族類們全都抬起了頭
身披星宿海的寒氣　被星子們和格桑花餵養著
經幡獵獵　一次又一次的努力
被流水肯定

兩個白亮亮的身子裡同時坐著你
細細的白浪翻捲著永恆的沉默
兩個雨水抱在一起　　兩個透明的姐妹抱在一起
照耀著黃金的聖殿　水邊的族類們全都抬起了頭

鄂陵湖和扎陵湖的岸邊　人民的臉上
起伏著河流的聖跡

向東　向東　你走下一個個台階
水邊的族類們全都抬起了頭
所有的岩石和水域全都打開了
出口　所有的時代和地區都派有自己的代表
宇宙和萬物都派有自己的代表　加入這
滾滾的合唱

6

這就是你廣布天下的文告　空無一字的文告
白浪滔滔的文告　萬有的文告
尖聲朗讀著的水鳥　被煙波羽化的水鳥
牠的朗讀和牠的本身都屬於文告的內容
在文告中讀出了新意的年代　在暮雨晨昏裡讀出了
燈火和隱秘的年代　人們在琴弦滾滾的魚鱗上
在靈光閃閃的香草上　找到了各自的祭器和所在
這些祭器和所在　都屬於文告的內容
像流水中的元素　在岩層裡　在事物的內部
保持著各自的和諧與秩序　保持著詩歌的節奏
公正　嚴密　像文告本身
這些光明的典章和原理　從高地上滾滾而來

像靈魂的外部色彩　城市或一種建築物的

內在結構　像西風中起伏著的羊群

這就是被歷代的哲人們奉為至尊的文告

被十二座雪峰一再闡述的文告　被七十二個峽谷

一再充實的文告　一臉水氣的琴師沿途吟唱

它比人世間全部的典籍和律條說出的更多

被大地上的生命一再延伸的文告　被流水一再延伸的文告

被鋼鐵　火焰　桃紅柳綠一再充實的文告

比全部的文字說出的更多

這就是流水裡存放著的最高準則　流水的準則　由浪花護衛
著

一臉水氣的琴師沿途吟唱

它比羊群後邊蒼茫的背景更為蒼茫

比村莊之上的天空更為高遠

它以牛奶　蜂蜜　愛情和死亡的形式　流水的形式

向大地傳達　向喧鬧的城市和細小的村莊傳達

萬物在這巨大的恩情裡

微微顫慄　大地上井然有序

經幡獵獵　群山如濤　祈禱聲此起彼伏

夜晚，穿過市區的熊耳河

壓低身子
再壓低一些，壓低
避開燈光，人群，思想

這幽暗的一群，提著箱子
背著包袱，在熊耳河的河底，奔跑
急速，緊張

有時它們會直起身看看，聽聽
又繼續埋下頭向東奔跑，你看不清它們的
臉，也沒有哭聲

它們是什麼？白天躲在人的體內，話語間
樓房的拐角處，文字以外
窗簾裡邊——

它們不會留下證據，就像這條河
天一亮，又還原為流水
陽光像奔跑著的笑

大風之夜

馬營村以西，緩緩的坡頂——
你說，那裡是審判場

冬夜，有人在那裡高聲地念著冗長的判詞
黑暗緊閉帷幕，叮噹的刑具，碰響
風雪的法律，沒有觀衆
風在搧著耳光

在更遠的礫礓溝，猿馬馱著轟轟的輜重
那是什麼貨物？有人在加緊偷運
你說，那是人的名字
可是村莊裡並沒有人丟失名字

黎明，大地和坡頂安靜下來
村邊一座孤零零的小屋
低眉俯首。它說
它願意認罪

乘車經過沙漠地帶

列車經過沙漠時

放慢了速度

我看到一只鋁製的罐頭盒陷在沙子裡

掙扎著，回憶著人類的體溫

在它被掩埋之前，我聽到了自遠而近的

轟鳴聲，那是沙子們

喧鬧著從行駛的車窗外向裡偷看

又把小手從縫隙裡伸進來

在我面前的小桌上

——細微，晶亮，膽怯

渴望著與我交流

我把耳朵貼向它們傾聽

那是一位老人在垂死之前的黑暗

是我心中從未注意到的有關寒冷的和弦

它們在大戈壁上相互追逐，聚攏，堆起

像一個男人突然站立，把帶血的喊聲

舉過高空，又轟然倒下

散開，流失

碎成無邊的沉睡

──像一種結束，從人的內心開始

不再回來

恰卜恰鎮的黃昏

氈房上最後一點光斑

抵制著荒原深處的暴力，那裡的

撕殺，使牲口棚暗了下來

我不知道有什麼在死去

它的死，使小鎮變黑，雲團在天空翻滾

我不知道是什麼在憤怒

它的憤怒，使萬物壓低了身子

黑色的峨岩在訴說

它把疼痛傳給我，又滲入大地

那個身背酥油的老人被他的氈房扶著

偶爾轉動的眼窩裡還保留著人類的潮濕

空無的大道盡頭只剩下冰雪

在西部，悲涼磨礪著恰卜恰鎮的簷角

像是一個無人聽見的喊叫

風敲響了寺院金頂下的銅鈴

破舊的經幡引導著滿街的靈魂在奔跑

緊急

黃昏使經七路漲潮

灰暗的路燈撫摸著骯髒的黑水

像是一個憋了很久的人

突然哭了出來

它的哭聲在人群中傳遞

像凋零的樹葉抱緊又鬆開

氣壓很低，一些上了年紀的人感到頭疼

黑壓壓的人們擁擠著，繁衍著

盲目的向天邊湧去

汽車像船，漂浮在自行車的

鈴聲之上，城市的內臟在發著高燒

被不可名狀的事物驅趕著的人們

臉色陰鬱，焦慮，煩躁

大氣裡混合著病氣，翻滾著塵土

和廢氣油的味道

冥冥中有一種不安和緊急

——似乎有什麼危險在幽幽地逼近

林雪小傳

　　林雪，女。60 年代出生於遼寧撫順。大學期間開始發表詩作，有詩集《淡藍色的星》、《在詩歌那邊》、《藍色鍾情》，隨筆集《深水下面的火焰》。詩作連年被《詩選刊》、年度詩選等收選。1988 年參加詩刊社第 8 屆青春詩會。2004 年入圍首屆華文青年詩歌獎。2005 年獲世界華人詩書畫大展詩歌金獎。2006 年獲《詩刊》新世紀全國十佳青年女詩人獎。同年出版詩集《大地葵花》。

評委會評語

　　林雪這部對故鄉和生活在這塊土地上人民的歌吟詩集，讓我們感受到女詩人詩風變革中的一系列關鍵字：我、熱愛、大地、人民、時間、靈感、命運、生活、死亡、虔誠、謙卑、感知、心靈、無言、驚愕、詩！

我歌唱塵埃裡深積的人民

赫圖阿拉，那是鷓鴣留在崖頭陰影裡的
一個午後。牠的叫聲，有一點金屬的顫音
一次心悸，一次夢中墜落後的驚醒

一隻鷓鴣的叫聲，使景物空閒起來
快把陽光裝滿！風在數碼中排練
快讓這個女人轉身！ 赫圖阿拉
我那種與生俱來的憂傷
使苜蓿草低下頭。狗在夢裡懷念
睜開第三隻眼。牠虹膜裡的色譜
分析山谷和青春
那個女人一轉身，攪動起空氣中
瀰漫的澱粉。赫圖阿拉！在這個
憂鬱的午後，我觸動了對你的愛

就是觸動一些被禁止的事情
植物裡斷絕的歷史
塵埃裡深積的人民

那些頌歌衰竭在赫圖阿拉
一切都在等待。偽善的時間憐憫過誰？
誰的一生又痛又冷，又貧窮

當河流稀釋了年輕人的血
河岸上跌落著那些人的
青春。像補丁一樣的舊

沒有生氣，只有棉布的質感
一樁無法澄清的冤案

赫圖阿拉，讓我今天這沒來歷的憂鬱
再回到我身體裡，讓天空倒流回
這些詩句。那些水泥屋頂細小的顆粒

一些水泥的微波，已經安慰了我
一些瓷的幻影，一些絲的冤魂

在白色的上面生長著白色
在白色的上面接近無限
那種白色的，空虛的暴行
只有黑夜中的大恨才能平息

這麼美妙的鷓鴣的叫聲，無以復加的
幸福。一直叫到生活深處
叫到你我內心和本質

我的馬車帶走了哪些詞？

我的馬車披著雨水。這是什麼詞彙？

那個孩子作出一個奇怪手勢，要我停下
那個鄰居的孩子站在地上，露出嘴裡
零星的牙。他在速度中急速後退，

成為一處中心。在那晶體的四肢上開滿虛擬的花。

我要一直把馬車駕到石頭裡去。這
是什麼詞義？詞的什麼成分？

我要在石頭裡坐好，成為石膏洞裡
一簇氣泡。我要學習著，進入種子和基因
我的馬車奔馳，省略了大赦後的細節和歷史

在詞的語法中，落日熔爐裡，一片
葉子變成了煤。她的燃點在我身體裡
一隻飛向火的蛾。雨水落下來，壞事情開始了

而煤再回復到枝葉，水回到鐵器和銅器

這是詞的什麼屬性？當
忙碌的世界一片安謐。

一瓶香水用過了，揮發完了
舌頭的砧子，迸濺出語言的火星
我的馬車從不真的帶走什麼

詞，詛咒和閃電，一種常態下的
三條線，「在你的大善，和
他們的小惡之間，染紅了詩歌」

這低低的石頭，這纏繞者的土地
在風暴的中心點，那求知的鳥
安慰了我們。一直到神蹟出現

能使黑暗減輕的真理，和
飛翔著的，詩歌的語言

有生之日

園子裡的櫻桃樹快要把自己的
樹蔭搖散，我和老姑媽
在清理枝條的空檔閒談
「沒有多少時間了，」姑媽說
「快去尋找自己的幸福，這一生
很快就會過完」

我的時光，許給了多少無用
而苦難的文字。她們和我一起
度過了，在一個個互相排斥的事物之間
飛翔的日子。如今那結實而有序的親情
征服了我，還有那些
平庸而瑣碎的細節

「你小時候，最喜歡看雲了
現在還在找那種雲一樣的事情」
我這雙小小腳跟，站在哪條路上
才算踏實？含著被腐蝕的鈣
精神黯淡時的火焰，吸引著

命運中的飛蛾。這是

我的有生之日。姑媽們不知道，我會
向世界打開我的肺部全景。那裡
是在回憶中歎息的時間
錯亂的人群，那裡有黑暗中的思考
所謂幸福，跟不幸的事情這麼近

「只要是夢想，我都喜歡
那些不可能的事物，將來都會出現」
在面料的纖維中，我的靈魂飛奔而去
穿過那些農事的人們，那些男人，女人
那些孩子，飛過年復一年的兩種人格

在我的內部，在世界無知的洞穴中
我被詞語的三種時態安慰著。一個尋找詞語
並被詩歌尋找的女人，正在接近
她生命中最後時光

在貧困和粗俗的生活中，孵化出
尖銳的詩意，在盲目和順從中
揭竿而起。在眩暈的時間裡
說出你清白了一生的手藝

高坡玉米

輕一點，我說，讓我們輕聲說話吧
9 月是坡上最寧靜的月份
整個山坡的玉米都是女人
都懷著孕啊！

她們的孩子還沾著露水，睡在
玉米膜衣裡。她們手臂密如織網
已掉不進一顆星星，飛不出一隻麻雀

蒿草和莧蘭匍匐在她們腳下
緩慢的天色從玉米東邊轉到西邊
輕一點，我說，別攪了玉米的好夢
在大地的通道裡，我們
這人形細胞，一顆顆受精卵
蒙昧在初夜的黑暗裡

穿過玉米的子宮，被再一次出生

從 102 國道兩側平緩地向天空上升
高坡上的玉米，靈魂裡的極光
那些飛揚又束集的力量
是有效的。赫圖阿拉！我，一個
漢族的女兒，不是尋找
你對一個女人的隱語，而是尋找
命運裡樸素而深遠的象徵

而我聽天由命，接受了玉米
對我詩歌的讚美或／和輕蔑

落日光芒

一個小女孩要到廣場去
在她身後，葦子峪山中河谷蔚藍
一小股溪水沖來杏花氣息
一個小女孩要到廣場去

大四平鎮上街道中，一家
路邊小食雜店出售的一瓶飲料
正被一個有火紅頭髮的女人買走

她是否因失敗而夢想
一切在旅行後會好起來？
彎曲的女人。當世界
給她的溫暖低於 13℃
消失的魔鬼或天使
你們要她的哪一種品質？

一個小女孩站在新賓縣城大街上
看見了這一切。她將經歷著

所有男人和女人的經歷
出生著任何種族的出生
愛著道德及不道德的愛
建立她的從鄉村出發的
邏輯學。混亂的邏輯學，生活和
行為藝術中的邏輯學

赫圖阿拉城堡周圍廣場上
每天上午 10 點，一場模擬
皇帝出行的盛大典禮
開始。她們在人群中
互相對望：她左面的中年女遊客
她右面的小女孩，其實都是她自己
她詩篇中的角色

她不同時期的三個形象
她們是詩歌中的三代，在詩歌中生出
長大，並在詩歌的故鄉死去

在一切高於詩歌的地方

赫圖阿拉，離死亡越近，我
越迷戀你那傾向於消失的品質
在遺忘比紀念更偉大的氣息裡
詞語不會帶著我們駛向未來
而是向著過去滑動。我到達
或尋找，只是為了與你
一起忘記：生而為人的命運
寫壞的詩，失敗的生活
和另一些秘密的錯誤

但總有一些事物迫使我們回憶
總有一些事物使我們哭泣
赫圖阿拉！當我驅車
直達山頂，看見
群山之下的燈火，那麼密集繁雜
今天的浮華，明日的舊址
那些陽光下的玉米，轉過山坡
就一片片睡去。它們的睡
使黑夜降臨兩次，是我們一次次

想要開始的幻覺。當玉米葉
蒸發著語言，重新開始的時間
將在肉體斷裂之處
再一次跌落

我們從少女時代，一直寫到身體衰頹
這遲暮的動亂之夜的火把
憤怒燒向了青春。赫圖阿拉！
你的村莊響起了嬰兒的啼哭
那些憂鬱情景，人生低處的苜蓿
使我多麼悲傷。蟲鳴，茅屋下的基石
人群，都在我的詩歌中經過
她的儀式越盛大，灰燼越驚心

像綠絨一樣迷惘。那些玉米之上的
蒼穹，玉米之下的面孔
在回憶中一一醒來
赫圖阿拉，她那些遺忘的氣質
不是通過文學修改，或重複了我們

而群山之上有她的芬芳
在消失了的愛情之後
在一切高於詩歌的地方

來自塌陷區的第 N 個新聞

那是 4 月，已經春天了。街角上有了星星點點的花。
注意他的標識：一個穿黑風衣的人，在 4 月，
在粉塵總是沾滿童年鞋子的古城子街
公交車搖搖晃晃地進站。他從車上下來
穿著黑色風衣。車子重新開走，穿風衣的人
走在路的右手。沒有人指證他曾說過話
像一個本地人，對眼前景色疲憊、熟稔
沒有人說出他的特徵。普通的臉
慣常的衣著，大衆的步子，群衆的表情
一切都沒出格，一切尚在秩序中

但十幾步後，他腳下的地面突然開出一朵菊花
路面打著旋向地下坍塌，他隨之陷進。沒頂
風衣旋轉，裹緊。一朵巨大黑菊的活體花蕊

4 小時後，他從 20 多米深的地下重新出現
挖掘機挖走了埋沒他的泥沙。那是誰家的人啊
和我父親一樣的身高，與我的弟弟同齡

穿著我兒子喜歡穿的風衣款式。卻永遠不再回答

然後是 8 月，剛剛立秋。搭連小區的
綠色已不那麼葱蘢。凌晨 3：00
小市場的業主們已開始折騰。一個小時後
我的媽媽也要起來買菜。人們還不知道
他們每天的必經之路，在頭一天的夜裡靜靜坍塌

「直徑約 2.5 平方米，深約 25 米以下是積水
距最近居民樓及小區自由市場外牆僅 2 米
距附近的一所區屬小學不到 100 米
目前為止，警方沒有接到有人失蹤的報警。」

電視台記者現場報導時，身邊是戰戰兢兢的目擊人
「今早 3 點多鐘我去送客，開到搭連小區
東路 50 來米，一個老頭拉住了我，下車一看
哎呀哎呀媽呀，這路怎麼塌了……」

然後是政府的人來了。勘測之後，坑口
架起了圓木。路口被禁行。小區裡的人
開始還睡不著。後來也就適應了
「還能去哪兒？」媽媽睡覺前小聲地說
「怕死只能自己找地界兒。」

當我還在床上輾轉，隔壁的父母
對災難如此麻木，他們忘記了危險，睡聲正酣

在大風中追趕汽車的媽媽

媽媽，那輛汽車沒進站
就停了。你猶豫一下，像是
決定了什麼。你跑起來，跟著
從站牌起跑的人們。你拎著一只
老式保溫瓶。吉祥牌。1972 年生產
你們的老，互相陪伴，一起搖晃

媽媽，你是否覺得自己比一只
老式保溫瓶更結實，溫暖？

天黑了，我們在家中等你。你不在
家便空了下來。我們加在一塊
都填不滿意念中的空。未熨好的床單
和廚房裡未點燃的煤火
勾引著我們的屁股和胃
媽媽，你不在家，我們全都成了
饑渴難當的客人

你和你的保溫瓶跑出去 30 米
你 68 歲，你拖動老去的身體
去追趕一種用油和引擎
做動力的機器。那個司機
年輕力壯，從窗子看見了你

在 5 秒鐘之內，要跑完
30 米。媽媽，你的血
已經奔流了一生。
「左心室肥大
心律不齊。高血壓病」
媽媽，這是你 3 天前的病歷

你的腿已經彎曲。你頭髮花白
時間在一天天蠶食你的鈣
你骨質疏鬆。頸椎增生
這副支撐肉體的結構
在與時間角力。媽媽

我人到中年，懂得的
真理之一，是重新愛你
愛你的一切。你的敏感，被生活
磨壞的急性子。60 歲後，你開始

遲緩，懷舊，嘮叨
開始胖。媽媽，我人到中年
開始學習重新愛你
愛時間大赦後的一切遺跡

現在，我不在你身邊
卻看見了這一切。媽媽
2003 年 10 月 15 日
星期三。下午 5 點 10 分
在大東法院站，我乘坐的
213 路汽車，沒有在站點
停準。我看見了那個
在大風中奔跑的
與你一模一樣的女人

對一個河南少年的詩歌練習

練習 1

一首詩裡有許多個可能。比如
北京站前廣場突然下起雨
這首詩中，我想寫等車時
一個河南少年，將他的鞋盒
拿開，我有了一個座位。使
這首詩在雨後有了一個開始

我放棄寫那種我在人群中的恐懼
這將是另一首詩的內容。一首詩
有許多個可能，卻不能寫進一切
我寫河南少年，就是
放開其他事情。但即使這樣
在這首詩中出現的句子
也並不是我都想要的

即使我不寫，他們也
每時每刻在那兒。只有一張

河南少年的臉，淡淡的五官
一張宣紙上洇開的水墨
有一天會淡下去，有一天會忘記

蒼白。瘦。無聲地蜷在那兒
好像在說：「不過如此而已」

讓椅子顯出寬度。當我走到他面前
剛一停下。他不說話

只是把身邊另一張椅子上的
鞋盒拿開

一張像是在病著的河南少年的臉
使我剛剛走過的那麼多人的臉
沒有了面孔。我不說話
只是對他笑笑，在那張椅子上坐下

這以後，他沒有再看我
我卻一直想著一個沒用的
問題：我和他，與我相同
或相反的人們，還要在路上走多久？
是否已在屈辱命運前馴服

練習 2

一場雨提前把我趕進這裡
北京站。東北角 1 候車廳
北京—瀋陽北，K53 次，在
時間和距離之中的詞語之夢
這是你對我已知的部分

「你要去哪裡，你就盡管去
你要想聽哪裡的語言，你
在沒到達之前就能聽到，只要你
先乘坐通向那裡的車，與
返回那裡的人為伴」

我的腦中，出現可笑的句子
我想回家，吃自製的泡沫冰
睡水袋，攤開手腳，昏天黑地
那是你對我未知的部分

現在是 20：15 分。等待一班 2 小時後
才始發的車。走了 12 個小時
看不到空了的座位
這是大多數人忍受的命運

「人什麼時候才感到微弱？
在外地，在人像禍患
一樣多的時候」
我在北京，沒有驚擾
任何朋友。在人最擁擠地方
沒有人與我相識。這是否是我
倍感微弱和恐懼的原因？

「K53次車在此檢票」
「還有沒有去大連的旅客？大連！」
一人高亢的男聲在擴音器裡
催逼，訓斥，嘶吼著。在聲音的
強大中，人們像羊那樣拖著行李，或
抱著小孩疾跑，向他們幻想中的
穩妥的生活之地？

而我固執地想：「誰給他聲音的
權利，使之這麼大，這麼強橫?!」

百米長的大廳裡，人們
螻蟻一樣移動著。「有人嗎？」
我邊走，邊向座位上的

行李發問。「我忘了用『請』和『謝謝』」
我提醒自己。而另一個我
反問道：「在這裡？
向用行李占座的人？」

「有人嗎？」這次我指著一只鞋盒
問他的主人。他，這時出現
男孩。十二三歲。臉色蒼白
蜷縮在椅子上

「是哥哥的……」他語氣遲疑
「對，每一件東西都
代表一個人……」我嘲笑地說
「是真的……我哥哥去廁所……
你可以先坐著！」

我坐下。理所應當。我不必
謝他。我心中的惡開始抬頭
滋長。在許多年前一點一點
失去的善，許多年後
心靈仍然感到是多麼羞愧

練習 3

一首詩有許多個可能。通向你的
方式也是如此。出地鐵
北京站東街，一場雨
提前把我趕進這裡。一個女人
曾經出發，找尋，這是你
對我已知的部分。一個女人
對生活懷有信任，在精神的
流浪中，一步步走向絕對
這是你對我未知和誤解的部分

這便是這首詩的內容，我將在
以後的詩中再次寫到？一首詩，有
許多個可能，卻不能寫進一切
我寫了愛情和成長，就意味著
放下了其他事情
我見到你，同時與別人失之交臂

北京站內的人群像風暴席捲著
我的心靈。而我看見的，只是
單個的人。低著頭，本能而麻木
像羊一樣，尋求著

生活中的希望之地

我拉住自己，問：我們還要在路上
走多久？在許多年前失去的善意
在許多年後仍然羞愧，我們是否
已與生活和解，並屈服於
彼此的命運

令聞街 186 號轉角處地攤上的糜子

你是你以為的糜子，我是我以為的
自己。一棵高粱或別的什麼
怎樣看你，稗草或牡蠣怎樣看我，這
是我無力知道的。如果
我們在生活中，還有詩意和期許
我和你，我們和他們之間，是
可以互相回憶的

現在，你不在大地上。你在令聞街
186 號轉角處，一個蹲著的老漢
手裡。他不是收割者。「兩塊三
批來的。一把才掙三毛錢哪！」
老漢抱住頭，「唉！你買幾把？
這天兒太熱，我轉得直迷糊」

用什麼來比喻這一切？土地，鄉情
禮信……農耕時代的一點點道德
我和你的一點點儀式，還
沒有在我們內心終結

煙霧中的行人步道多麼急促啊！
所有的門市是語法。那些穿過煙霧
快步走著的人和車，像一個個
急於填充的句子，讓身份和機會
去碰撞出微緲的幸運。
我們生活中這麼多方向
麋子，我們怎麼走？才有更好
和更高的地方？

那天下午煙霧瀰漫，我走了過去
又返回身來：我看見了你
看見了自己心靈障礙和
一小塊破碎的部分。我舉起你
貼向自己：你的一點點香氣，溫度
是另一些現代的我們
帶著孤獨，愛，終生都要
自我安慰的神經分裂症

帶著一點點精神，像是絕望年代裡
最後的一點點救贖
和時間留給我們的
最後一點點優雅

田禾小傳

　　田禾，本名吳燈旺，1964 年出生於湖北大冶金山店。1982 年開始詩歌創作，已出版詩集《溫柔的傾訴》、《抒情與懷念》、《竹林中的家園》、《大風口》、《喊故鄉》等九部。獲《詩刊》「第三屆華文青年詩人獎」、中國詩歌學會「首屆徐志摩詩歌獎」、《十月》年度詩歌獎等多種詩歌獎項。詩歌選入全國一百多種重要選本。曾參加第十六屆「青春詩會」。系中國作家協會會員，湖北省作家協會理事。現為湖北省作家協會專業作家。

評委會評語

　　詩人田禾以發自內心的呼喚，將汗水和淚水寫成的詩句，譜成了一部深沉的鄉村謠曲。詩人樸素而真摯的情感再一次讓讀者感受到抒情在詩歌寫作中的審美力量。

喊故鄉

別人唱故鄉，我不會唱
我只能寫，寫不出來，就喊
喊我的故鄉
我的故鄉在江南
我對著江南喊
用心喊，用筆喊，用我的破嗓子喊
只有喊出聲、喊出淚、喊出血
故鄉才能聽見我顫抖的聲音

看見太陽，我將對著太陽喊
看見月亮，我將對著月亮喊
我想，只要喊出山脈、喊出河流
就能喊出村莊
看見了草坡、牛羊、田野和菜地
我更要大聲地喊。風吹我，也喊
站在更高處喊
讓那些流水、莊稼、炊煙以及愛情
都變作我永遠的回聲

江漢平原

往前走，江漢平原在我眼裡不斷拓寬、放大
過了漢陽，前面是仙桃、潛江，平原就更大了
那些升起在平原上空的炊煙多麼高，多麼美
炊煙的下面埋著足夠的火焰
火光照亮燒飯的母親，也照亮勞作的父親
八月，風吹平原闊。平原上一望無涯的
棉花地，白茫茫一片，像某年的一場大雪
棉花稈挺立了一個夏天，葉片經太陽
曝曬，有些蜷曲。平原人隱藏在下午四點
的棉花地裡，露出來的幾頂草帽
像路邊幾間平房的黑窗戶。我順著
一條小河來，逐水、追魚，像攜帶流水
黃昏，夕陽如水中游走的活魚，游到
七孔橋拐半道彎就消失了。這時候
遠處村莊裡，點起了豆油燈，大平原變得
越來越小，小到只有一盞油燈那麼大
豆油燈的火苗在微風中輕輕搖晃
我感覺黑夜裡的江漢平原也在輕輕搖晃

避雨記

下雨了。幾隻螞蟻迅速向
路邊的草叢隱去。馬路上有人
跑掉了一隻鞋子，風
吹落了幾個農民的草帽
那邊田埂上有人一邊跑一邊
把雙手舉在頭頂遮雨
有人舉著一片快要枯萎的荷葉
有人頂一張舊報紙。一個
老乞丐，將豁了口的藍花碗
扣在頭上。放學的孩子
怕打濕了他的書本，把書包
夾在腋下，光頭淋著
斗大的雨點，打在貧窮的
棉襖上，也打在高貴的風衣上
躲雨的人都紛紛
跑進了路邊的工棚裡
過路的。幹農活的。夾公文包的
戴眼鏡的。乞丐。跛子。窮人。富人

他們快要把工棚擠破了

有兩個只擠進去半個身子

我的堂姐怕濕頭髮打濕了

別人的衣裳，她一直僵著腦袋

一隻打濕了羽毛的麻雀蹲在

遠處的樹枝上看著他們

在這個深山的工棚裡，一場雨

聚集了那麼多的陌生人

他們彼此點頭、微笑，用眼睛說話

像一群臨時的親人

草民

草民。草一樣的人民
比一棵草更卑微更弱小的人民
燕麥草、狗尾草、苜蓿草、三稜草
稗草、稻草、蘆葦草、馬齒汗草
魚腥草、鬼針草、傷心草、苦難草
你屬於哪一類,哪一株
最接近枯黃的那一株是你麼
最倒楣被冰雪壓倒又被牛蹄子
踩進泥濘中的那一株是你麼

草民。草一樣無聲無息的貧苦
的農民。在小小村莊的燈盞下住著
依附於一株草或一些草
而活著。住草房,穿草鞋,戴草帽
種草、薅草、捆草、挑草
用稻草搓草繩,給豬割草,給牛餵草
給羊圈添草,給床鋪鋪草,往
灶膛裡填進去許多或乾或濕的柴草

風吹草低。他被風吹向更低處
低於半畝禾田。山坳裡的草屋
風輕輕地就掀開了一扇門扉
泥巴築的牆，麥草蓋的房頂
他的家像在麥殼裡躺著。兩個還
很小的兒子，坐在門口
大碗裡裝的紅薯、土豆
或許是在催著他的兒子迅速地成長

一年前他的老婆得病死了
蓋房子的錢買了他老婆的棺材
村子裡的人都搬了。他還是
住著這間草屋。我見到他時
他正在後山的那片斜坡上
孤零零地彎腰刨地。秋天剛過
菜地裡的辣椒杆子，被砍掉了
改種白菜。他帶著兩個兒子
要在冬季裡慢慢完成他們的生活

畫石頭

風老了，石頭更老。大河枯竭
河畔顯身的黑石頭，側身、半裸
臨風而立。也許過了無數世紀
有一位畫家把它搬在一張白紙上
準確地說，是畫在一張白紙上
像石頭重壓著一張白紙，像石頭
當初壓著水底的天空。畫家用神來
之筆，畫了一條河流，又畫了
一條木板凳，河邊坐著一位
不起眼的獨釣波濤的閒人
如果畫一位背柴的母親，累了
她一定會靠著石頭喘粗氣
畫一位父親，他會一口氣把一塊
石頭扛回家。石頭像在春風裡奔跑
我試了幾次想坐上去，與我相愛的人
一起談論祖國、人生和愛情
都沒有成功。它不像畫在紙上的風
能讓你看見動，看見它的吹。也不像
在馬蹄上畫幾隻蜜蜂，就境界全出

那時候，我還小

那時候，我還小。父親帶我從桐子塪
出發，去南邊在地圖上找不著的
一個小鎮。那時天還沒有亮
雞叫過頭遍，父親就引我上路
走過村後的一段土坡，就是
生產隊成片成片的棉花地與水稻田
可能是肥料不足，加上乾旱
稻禾像村裡極度營養不良和餓瘦的
饑民。我們拐上一條黃土路之後
天上在有一陣子露出過半邊臉的月亮
後來也消失了。我們摸黑在
夜地裡行走，我緊握著拳頭，在
穿過幾座陰森森的墳地時，我嚇出了
一身冷汗。然後走山道，好像走
二三里地，就要翻一個山坳
在越過一道土坎時我摔了一跤
幾乎是雙膝跪地。經過黑草村的
一口魚塘時，塘裡的魚一陣潑剌

我驚嚇得直往父親的懷裡墜
平靜的池塘突然變得高低不平和蕩漾
到了鎮上，我不記得父親那天買回了
什麼，只記得那天轉回時，父親換了
一條新路，而這條路必須經過桐子塯
後山的一片麥地，父親彎腰撿回了
丟失在路邊的每一棵麥穗。這些麥子
成了我們日後度饑荒惟一的口糧

起風了

起風了。村東頭的
那棵歪脖子樹
吹得更歪了。不知道
這風兒走了多遠的路
拐了多少道彎
才來到這裡

水田裡的稻穗
順著風，倒向一邊
田埂上站立的父親
衣兜裡鼓滿了風

村莊裡的那些鳥兒
被風兒越吹越遠
村莊裡馱水的驢子
逆著風行走。驢走過的
路上，風吹著塵土
打旋兒尖叫

起風了。惟一懸在
空中的月亮，没有被吹落
我回到村莊的時候
一條黃狗跑過來
緊跟著我。這時
我看見家門前的夜
被風吹得比秋還薄了

夜宿高坪鎮

街道兩旁的農家菜館一個挨著一個

為尋找那家八角村農家樂

我誤入了一條老街。一個賣桃子的婦女

指給我，走過前面的那家老張肉鋪

再穿過一條小巷，拐彎就是

晚餐是清江魚、苞穀酒

有人喝進了胃裡，有人堆在了臉上

叫花狐狸的女人喝得眼淚汪汪

天越來越黑，小鎮亮起了街燈

集市上的人群在慢慢散去

肩挑扁擔的男子，把剩下的乾菜挑回家

我跟在他的後面走了半天

走進一個叫天昊的旅店裡住了下來

一間大房子，一張單人床

今夜我要在這張吱嘎響的床上安睡

現在，清江在低處，高坪鎮在高處

我像一只半懸的吊鍋，煮著心事

窗外偶爾一道農用車的遠光燈

在我掛著藍布簾的窗口上一閃
算是小鎮一日裡投給我的最後一瞥

那一刻

那一刻我行走在武漢漢正街的街頭
許多人坐在電視機前看中央台新聞聯播
那一刻有人喝酒，有人做愛，有人賄賂，有人預謀
長江水仍帶著均勻的秒速平緩流淌
那一刻堪稱火爐的武漢在升溫，但不急促

那一刻，我鄉下的表弟遭遇了車禍
村長楊金鎖在我的手機裡泣不成聲
他說太慘了。還沒等他說出表弟血肉模糊
我差點支持不住
表弟死於酒後駕車司機的車輪下
兩眼昏花的司機，把我走夜路的表弟
看成了一條道路，從表弟的整個人身上碾過去
爬不動山坡的汽車
那一刻卻爬到了我表弟的頭頂
那一刻，一隻羊本能地穿過車輪的左側

表弟，他三十七歲的年齡上

還掛著一雙兒女和風燭殘年的父母
那一刻他的老婆杏芳當場昏死過去
這本不該有的那一刻
早該在時間表上刪去的那一刻
灰色的那一刻，迷茫的那一刻，被忽略的那一刻
來不及轉彎的那一刻，生死兩茫茫的那一刻
幾乎要被遺忘的那一刻

泥土

我感覺挖土的母親有點冷
大風把她的頭髮吹亂，她的手腳
變得有些遲鈍。手中的鐵鍬
越用越短
多次在鐵匠鋪裡打過
一塊用舊的鐵，不斷向她
掏著土地的疼痛

我家裡的那塊土地
鬆軟、肥沃。每年能
收穫兩筐黃豆、四斗高粱

難怪有文化的木和二大爺説
握住泥土
比握住江山更可靠

明年

今天是今年的最後一天，明天
就是明年了。今年我比較平淡
明年可能也不會
有什麼變化。明年我依舊
走在匆匆的人群中
結交一些人，送走一些人
與人打交道，占一些便宜
吃一些虧。在生活中
會遇見富翁、窮人、乞丐、瘋子
富翁和瘋子我都躲開
窮人我當父母，乞丐我施捨他
依舊按時回鄉下去，提著一條
山路，清明節為父母上墳
用半日去看望黑八爺和木柱
在老屋小住幾日，跟著撿糞的
五爺，村頭村尾轉轉
村莊裡麥草的兒子，去年盜竊
進去了，明年出來

希望他出來後，做個好人
明年，山河依舊。農民仍然按
季節種瓜種豆，按時收穫
工人們戴著安全帽，繼續忙著
採煤煉鋼，和尚們忙於修寺廟
明年我依然在塵世中奔走
可能時常被路邊的土坎和石頭
絆倒，從哪裡跌倒我就從哪裡
爬起來。過了正月，該下的雪也
已經下過了，那時我指給你
看齊安湖的春天。窗外果然在
下雪了，時鐘到零點
還差最後一秒
秒針只要再滴答一聲就到了明年

流　水

江南是水做的，水做的江南，到處是流水
一萬年前的水，一萬年後的水
都朝著一個方向流淌
水從深山流來，從峽谷流來
從雲端和高山流水的源頭流來
那年，我與黑八爺上山採藥，無意中
我追著一條小溪一路跑到山下
水順著小溪，哪裡低就往哪裡流
從山谷一直流到低處的民間
把村莊一口快要乾涸的池塘填滿後
繼續向前流淌，流經陳艾草的半畝蠶豆地
經過一座榨油坊的舊址時突然
拐了一道彎，然後繼續拐彎
拐過油菜田和幾家窮人的後院
沿途無意中收養了幾朵野花
和秋天的最後一場秋雨。當匯入村前
的一條小河時更顯得深不可測
一些水被木桶或水罐取走

一些被農民抽去澆地，一些以平緩的姿勢
慢慢流淌。它們去遠行又像回家。

榮　榮

榮榮小傳

　　榮榮，女，原名褚佩榮，1964 年出生於寧波，1984 年畢業於浙師大化學系，先後做過教師、公務員，現為文學港雜誌社主編。出版過多部詩集及散文隨筆集等，中國作家協會會員，參加過詩刊社第十屆青春詩會，曾獲首屆徐志摩詩歌節青年詩人獎、第五屆華人青年詩人獎、全國新世紀十佳青年女詩人稱號，詩集《像我的親人》曾獲第二屆中國女性文學獎。

評委會評語

　　榮榮用精美而樸實的一部短詩集，展示了一位女詩人對生活的信心，對生命的珍愛，對塵世生活的獨特體驗。明快而細膩的詩風，讓女性之愛在世俗生活中閃爍出奪目的光彩。

這裡或那裡

讓那些醜醜的事物也沾上甜霜
扭曲的影　陰沉的鐵　豁嘴的言辭
漆黑的野鴿子落在春天的腳跟
最早氾濫的綠和最後
暖過來的石頭　都是春的住所
這裡或那裡　中間夾一些
意料之中的喧嘩

從這裡向那裡　風很乾淨
笑聲很清朗　在徹夜不眠的城裡
在雞鴨吵嘴　豬狗爭食的鄉下
一顆友善的心總有走不完的親戚
情侶們在城鄉間漫步
他們踮起腳就搆著的春天
離天堂最近

還猶豫什麼呢
在這裡與那裡之間

總有一種尺度可以丈量
總有一種現狀　定奪去或留
當我不能區分一葉彩蝶和一朵花
飛舞和墜落是同一件事

就像這裡和那裡
快樂和痛楚有著同樣密集的雨腳
只有春天漫天漫地　這就夠了
當我對你說：「這裡！」
我的手也指著那裡

一定要有漏洞

没有一個詞比它更多地暗示

人們內心太多的缺損

它不神聖　也不會閃爍

絕對的灰暗　常常在雲端

向我們張一隻失敗的眼

難以置信的樸素和真實

卻那麼必須　有漏洞的謊言

才能被戳穿　有漏洞的真理

才不會絕對　一首没有漏洞的詩

會讓所有的詩人羞愧而死！

我愛這個詞　像愛我那個

會犯錯的孩子　當我帶著垃圾出門

我清晰地看見了它

它就活在那麼多人的身體裡

我突然原諒了自己

15

一定要有漏洞！跟著它

我像水滴一樣圓潤　融入那麼多

不愉快　不完美　不圓滿

不再害怕損害

　　彌補──我同時也愛上這個詞

看見

我看見自己在打一場比賽
來回奔跑
一次次接發自己的球
也一次次愉快地失手

沒有人替我助攻
也沒有誰站到我的對面
就像許多回不假思索地轉身
看見我把自己拎在手中

那總是些情緒激揚的夢
我穿著中性的衣服
羞於確認自己還是女人
我不會再被誰帶走
也不會再被誰丟棄

我無法停下來
我發現幸福就是一隻球
我要獨個兒把它玩轉

愛情

已有些年了
我在詩中迴避這個詞
或由此引起的暗示和暖色
她是脆弱的　抵不住
一根現實的草莖
又像沒有準星的秤
當我揉亮眼睛
她的直露讓我羞赧
她的無畏讓我膽怯
我曾因她的耀眼而盲目
如今又因清醒而痛楚
這個詞　依然神聖
但對著你　我總是嘲笑
我一再地說　瞧
那些迷信愛情的傢伙
等著哭吧　有她受的！
可是　我知道
我其實多麼想是她

就像從前的那個女孩
飛蛾般地奔赴召喚

又一次被颱風席捲

烏雲在集合　這是夏日的陰謀
驚懼的海鳥無目的地起落著
驚懼的人群一拍四散
這是颱風剛開始的情形

我早就得到了預報
我的忙碌是冬地鼠的忙碌
我備下孩子的食物　墊高
庫存的物品 給遠方的友人發信：
「這些迅猛的事物　總難以持久
一切很快將會過去……」

就像尋常日子裡的溫情
被長久的冷漠敵視所埋沒
隔壁的爭吵聲停止了
兩個善良的人
終於停止了互相傷害
他們共同伸手在試探風力？

這也算是温暖時刻
我從廚房的油煙裡抬頭
看到一小塊晴朗在大隊烏雲裡
像一個苦孩子掙出頭來
像晃眼的牙齒——

儘管很快也會被席捲
儘管……但現在正是親人團聚時分
所有的船隻都已入港避風
風雨兼程的人啊
也沒有了漂泊在外的理由

是時候了　把災難關向門外
看住我們的謹慎我們的小膽
一起等待風平浪静

在一群陌生人中間

他們對我並不陌生
吊著繃帶的返鄉民工和他
白鬍子拉碴的父親
像羔羊一樣的鄉間小兒女
瘦弱的鋪蓋　溫順的臉……
晚報的社會新聞欄裡
總有他們不幸的親戚

還有坐一天兩夜車去看女友的
法學系學生　一心想逃票的
童裝店女店主……
在西北擁擠的列車上
我與他們挨得很近

而我與他們是陌生的
一個並不高明的寫作者
向更高明的人學習虛假的抒情
一隻帶薪水的夜鶯

我真的讚美勞動和執迷的

愛情　詛咒不幸

由衷的語言卻是虛胖的

我在安康待了幾天……

我在安康待的幾天　　天陰著臉
這座飛翔著夢想的陝南城市
一切都在巨變之中
陳舊的電影院　　規劃中的富裕
在建的時代廣場　　可以期待的約會
隔夜的雨水讓摸索的腳泥濘

陰著臉的安康　　那個駐足觀望的人
混同在許多過路人中間
是否也叫安康　　也在期待
或在夢想中飛翔
沒有理由的戀愛像黑市風暴
捲走又一個女子半生的陽光

那是一個古老的傷口
我目睹了　　在朝容夕改的安康
我絕不再是那個傷口了
在隱秘的內心
在仍夾雜著憂鬱的安康

教兒子識含「艮」的字

我的兒子是一個艮蘿蔔
「艮」是他的説話方式
加木的「根」　樹長在地下的部分
刨地三尺　找到它　又叫實質或緣由

足旁是「跟」　與腦無關
小馬駒跟著雲走　雲跟著風走
「艮」按目成「眼」
可以高高在上　目空一切
或熟視無睹　默不作聲

但兩人一挨上就善惡分明
「很」喜歡或討厭
讓世界無端繁複的還有「恨」和「狠」
那是一些你很陌生的情感

「艮」與金子搭界就有了高貴的色澤
在腕上　耳垂上　「銀」子純潔

如陽光晃一片水草的春天　如你
瞧　漢字有多奇妙
加個心　「恳」是一種態度①
墊把土　「垦」成了一項勞作②

我的艮兒子啊
「艱」苦的日子總會很漫長
但你不能丟了一顆友善的心
除了勇敢　更要善「良」

①編者注：加個心，「恳」是一種態度，恳，懇的簡體。
②編者注：墊把土，「垦」成了一項勞作，垦，墾的簡體。

被置換的現實

二十年前我在湖邊寫過許多

詩　順便想著某個人：

「我把思念插在水裡

春天為我長出一堤的柳枝……」

隨即付郵　一張八分郵票

它們中的大部分

已下落不明

只有柳枝招展著像一個舊夢

只有那顆扔出去的石子

還在下沉　滑過

滑向十年前的湖邊

滑向雪白的稿紙　那裡

我的筆在慢慢游移

一樣的心情不一樣的句子：

「歲月流逝，我仍站在這裡……」

「我是一棵小小樹……」

有誰看過並記得？

一個並不成功的詩人
五年前　在另一個湖邊
想起那粒還沒有到達的石子
攪起一湖蕩漾
心又一次現出潮汐

同行中該沒人看破
它們與深藏的心事一起
隱入一個漸深漸濃的晚秋

隱入今天的湖邊
寫實的陽光將樹蔭畫得很濃
舊日的風再也吹不動

劉立雲小傳

劉立雲，中共黨員，中國作家協會會員。1954 年 12 月生於江西省井岡山市。1972 年 12 月參軍，歷任連隊戰士、營部書記、省軍區政治部宣傳幹事、人武部政工科副科長。1978 年考入江西大學哲學系。1985 年調解放軍文藝出版社工作，先後任《解放軍文藝》編輯部編輯、主任、主編，第一文藝圖書編輯部主任，解放軍出版社文藝圖書編輯部主任、副編審。現在解放軍出版社供職。

1975 年發表詩歌處女作，長期在詩歌大門外盤桓，徘徊。擔任《解放軍文藝》編輯部詩歌編輯後，專心編輯詩歌欄目，甘居幕後。1987 年在南疆前線組織「戰壕詩會」，自身寫作略有起色，陸續在《解放軍文藝》、《崑崙》、《人民文學》、《詩刊》、《中國作家》、《上海文學》等刊物發表作品，出版詩集《紅色沼澤》、《黑罌粟》、《沿火焰上升》、《向天堂的蝴蝶》、《烤藍》等六部，紀實文學《莫斯科落日》、《血滿弓刀》等五部，曾獲全國「五個一工程」獎、全軍新作品獎、《詩刊》「2008 年度優秀詩人獎」、《人民文學》優秀作品獎。

評委會評語

　　劉立雲把軍人、軍隊、戰爭用火焰般的詞語表述出來，把命運、堅韌和錯綜複雜的情感表達得淋漓盡致。壯闊的詩句，驚濤拍岸，慷慨高歌，敲打出鋼鐵的聲音。

烤藍

我要寫到火　寫到像岩漿般燒紅的碳
寫到鐵鉗　鐵錘　鐵砧
寫到屠殺和毀滅前的
寂靜。而我就是煨在爐火中的
那塊鐵　我紅光爍爍
卻軟癱如泥　正等待你的下一道工序

我要寫到鐵匠的饑餓　仇恨　憤怒
寫到一條雪白的大腿從頂樓
的窗口伸出來　打翻昨夜的欲望
我要寫到比這更劇烈的
沖床　銑床　刨床　它們的打擊是致命的
足以一箭封喉

我要寫到血　它們在鐵中隱身
粒粒飽滿　有著河流般的
寬闊　蠻野　生猛
但卻不允許像河流那樣氾濫

我要寫到地獄　寫到它與天堂的距離

就像我與死亡的距離　近在咫尺

我要寫到這塊鐵從高溫的懸崖

跌落下來　迎接它的是

零度以下的寒冷　然後帶著這一身寒冷

再次進入高溫——如此循環往復

並在循環往復中脫胎換骨

漸漸長出咬碎另一塊鐵的牙齒

我要寫到烤在這塊鐵上的那種藍

那種炫目的藍　隱忍的藍

深邃而幽靜的藍

我要寫到這種藍的沉默　懸疑

引而不發　如一條我們常說的不會叫的狗

如一顆在假想中睡眠的彈丸

2009 年 1 月 7 日　北京平安里

升騰

光芒自大地的胸膛訇然咳出
我們所看到的只是
一朵巨大的紅，一朵巨大的黑
然後一股巨大的硫酸，從高空
跌落，蝕空所有的眼睛

這是我們從未經歷過的黑暗
從未承受過的攻城之火，掠地之火
和野獸之火，比地獄更深
就像大風捲過石頭屋頂
——世界就這樣沉落了，我們
再也找不到一件禦寒的外衣

光芒還在上升！以驚世之美
把我們的夢境繪進天堂
而它攜帶著那麼多的尖銳的物質
比動物更兇猛，比懸崖更陡峭
讓在高處凝結的雨和雪片

漫天拋灑，漸漸把我們凍僵

而此時此刻，在大地的中心
火焰已穿過岩層的內臟
疾病已深入每一根青草，每一棵
樹木，甚至每一粒細小的物質
但人類啊，你到底還要爬得多高
才能看清你，最終的墓地？

1999 年 12 月 8 日　北京

這三年從這一天開始

是這樣！這漫長的三年就從這一天開始
就從這一天的這個黎明
開始　而窗外的天空還是那麼的黑啊
沉入夢鄉的睡眠　多麼香
多麼像一條蠶踡縮在它的繭殼裡

那麼咬破這繭殼　掙脫這繭殼
把稚嫩而慵懶的身子
從這溫暖而緊密的繭殼裡生生地抽出來
拔出來　如同三月的蝴蝶
從它堅硬的蛹殼裡
生生地抽出兩扇濕漉漉的翅膀

天漸漸地亮了　我漸漸麻木
漸漸失去知覺的兩條腿
在久久的站立中　開始顫抖和搖晃
彷彿那已不是我的腿
而大地遼闊　我慷慨的祖國

現在卻只給我立錐之地

這就是說　現在我必須像一束
垂照的陽光那樣
站在這裡　必須像筆直的旗杆那樣
站在這裡　既不能向左傾斜
也不能向右彎曲
因為我腳下的土地寸土寸金
誰想動動她的一粒沙子　一棵青草
誰就得翻越我這道城牆

別無選擇啊！這三年就從這個黎明開始
從這個旗杆般垂直站立的姿勢
開始　那種鐵打銅鑄的日子
從此將年復一年
日復一日　向我洶湧而來

2007 年 10 月 23 日　北京南沙灘

一只蘋果

讓我們來想想　一只蘋果與法律對峙

一只蘋果明亮而鮮艷的外表

有沒有可能躲藏

某種企圖　某種罪惡

而當這只蘋果忽然成為一個入侵者

一個特殊的案犯

我們該怎樣為它辯護……

再打個比方　一只蘋果從春天長到秋天

現在它終於成熟了　飽滿了

豐盈得彷彿馬上要炸開

但按照牛頓定律　當它從高處跌落

砸傷或砸死一個人

那麼　這到底是風的罪過

樹的罪過

還是栽種這棵樹的人的

罪過？

再或者　是這只蘋果本來就形跡可疑
深懷殺人的動機？

我們要堅持的是　這只蘋果是無辜的
它甚至比任何一只蘋果
都健康　純潔　光明磊落
它小小的錯誤　只是來自於它的嗜睡
來自於它在濃濃酣睡中
搭乘那個士兵駕駛的軍車
非法越過了邊境

如果允許有另一種解釋　那便是它
細膩　圓潤　纖毫畢露
坐在士兵的駕駛台上
過於顯示出一只蘋果的
恬靜與嫵媚
這使一個士兵陷入了一種
癡迷和沉醉　並在他此後的芳香之旅中
推遲了那天的早餐

這樣的辯護當然入情入理　充滿
人間的煙火味
但法律的面孔卻是鐵鑄的

不相信懊悔和眼淚
不相信柵欄之外的任何存在
因而也不相信那個始終都
低著頭的士兵
就像剖開那只蘋果那樣
剖開自己的心　讓它在陽光下呢喃

一只蘋果與法律構成的關係
其實是緊張　尖銳　鐵面無私的
它告訴我們世界是圓的
也是方的　在它的疆域進出
你必須謹言慎行
萬萬不可被一種芳香迷惑

2007 年 5 月 3 日　北京平安里

三個年輕女兵

是個星期日　三個年輕的女兵換上三身
色彩斑斕的鱗　走上大街
她們要分享做一條魚的快樂

在小小的香港　哪裡不色彩斑斕？
哪裡不是一個人的世界
人的海洋？在這片海洋裡生存和游動
人們都長出了鰭　長出了魚的鰓

三個年輕的女兵走上香港的大街
她們很快就被街上的人淹沒了
被街上翻滾的色彩
淹沒了　就像大海淹沒了三條魚

這就是做一條魚的快樂　做一條魚的
自由和瀟灑　因為海水洶湧
海裡的魚擠擠挨挨　千姿百態
你行進或逗留　都翻不起一朵浪花

三個女兵　三個年輕女兵時而快快地走
時而慢慢地走　但走著走著
她們便橫的走成了一行　豎的走成了一列
習慣擺動的手臂　像牽著一根繩子

她們的臉也太黑了啊　是那種被亞熱帶的太陽
久久曬過的黑　被鹹鹹海風吹過的黑
油光閃亮　就像三粒黑珍珠
三顆在同一條河床裡滾過的鵝卵石

三個女兵不知道　在她們身上有些枝條
比如勾胸搭背和搔首弄姿
早就被隊列的那把剪刀　喀嚓一聲剪去了
或者壓根就沒有長出來

看著這三個姑娘走過來　又走過去
看著她們相互響亮的應答
大街上有人在笑　有人戚戚私語　孩子們則
追著她們喊：快看啊　女兵　女兵……

在大街上被人認出來是件讓人沮喪的事情
三個女兵不明白　同在一個大海

同處一片海域　她們為什麼就不像一條魚？

2007 年 5 月 5 日　北京懷柔

養在肺裡的彈片

見過一棵大樹用它裸露的根，活活吞掉
一塊石頭，一面漢代或唐代的碑嗎？
那種過程持久而猛烈
比河流改道還慢，比陽光洗白一個少年滿頭的青絲
還慢，如同我看見過的一個老兵
用他的肺，活活吞掉一塊彈片

我是在澡堂裡，在南方一座軍隊大院的
公共浴室，看見這個秘密的
那時候黨風純潔啊
一個將軍和一個抄抄寫寫的幹事
只隔著一道乾淨的布簾
而他就在布簾的那邊
指名道姓，喚我去幫他搓澡
為此竟大聲吆喝，動用了他小小的特權

澡堂裡白霧瀰漫，兩個男人赤裸相對
這情景至今讓我難忘

（我發現無論你是國王，還是乞丐
只要退去衣飾，彼此呈現
你就擁有同樣的自尊，或同樣的自疚）

將軍他矮。胖。黑。圓圓滾滾的
像個隨時能彈跳起來的皮球
他雙手撐在牆壁上
把身體交給我（就像把他美麗的女兒交給我）
讓我從背後搓，從身旁搓
然後又面對著我，讓我搓他的脖子
他遼闊而肥厚的胸膛
這時我就看見了他身上那個肉坑
比我們的拇指還大，又像
地漏那樣凹下去（實話說有些醜陋）

「是個彈坑！」將軍或者我的前岳父
看出我的羞澀和驚愕
驕傲地對我說：害怕嗎小子？
那可是日本人幹的
他說那年他才十八歲，在戰場上像隻無頭
蒼蠅，只顧得抱著槍瘋跑
突然聽見轟的一聲，又噗的一聲
那塊彈片便折斷他一根

肋骨，像一粒豆鑽進他的肺葉

他說，當時沒有一個人想到他能活下來
就像沒有一個人能想到戰爭帶來
毀滅，但也能創造奇蹟
你說那時哪有醫生
哪有什麼麻藥啊！就只能扔在草席上
等待他流盡最後一滴血
然後在亂葬崗上隨便挖個坑，把他埋了

說到這裡，我的前岳父哈哈大笑
好像他倖存下來
是在戰爭中撿了個大便宜
就像他把用這樣的一副身體製造的女兒
嫁給我，讓我也撿了個大便宜
但我怎麼笑得出來？
我知道他從此把那塊彈片吞在肺裡
養在肺裡，與它終生
相伴，如同他長出了另一頁肺

我的前岳父，這個將軍級老兵
是在他八十歲那年無疾
而終的（真遺憾，沒有人通知我去參加葬禮）

但憑著從他骨灰裡扒出的那塊

彈片，那塊在他的肺裡養了

六十年的生鐵

我要對著他的亡靈說：恩怨幾何

但我是愛你的，且深深地愛……

2008 年 1 月 15 日　北京南沙灘

火器營

北京西四環　在我開車去香山腳下

做保養和維修的路上

路牌上蹦出的一粒火星

把我的眼睛　我日趨庸常和寡淡的心

突然燙了一下

火器營！一個飄著火藥味的地名

一個聽得見槍械聲的地名

讓我過目不忘

仔細捉摸　這個神奇得像流星劃過天幕

驀然照亮夜空的地名

在這一刻　肯定想對我說些什麼

它想對我說什麼呢？是想告訴我

在我居住的這座城市

過去曾天高地闊

皇威浩蕩　有許多血色的城牆

許多釘滿銅釘的城門

當然也有許多兵甲

他們枕戈待旦　把自己像釘子那樣地釘在

古老的城牆上？是想告訴我

這個叫火器營的地方

當年曾號角連營

刀劍閃爍　或者每天爐火熊熊

響徹著鍛造兵器的聲音？

而我在城中的一家軍事單位工作

從城外到城裡　每天都

開車來回

但有意思的是　當我開著車

走向那顆軍事心臟

途經的地方　依次是：南沙灘、馬甸

北太平莊、小西天、積水潭、新街口

和平安里……每個地名

都讓人昏昏欲睡　都有那麼點

太平盛世　歌舞昇平的味道

最糟糕的是人潮洶湧

每天都遭遇堵車　堵車　堵車

有時堵得水泄不通

寬闊的街道成了停車場

有時堵著　堵著

人便趴在方向盤上　睡著了

火器營跳出來　突然把我燙了一下
讓我在不知不覺中
漸漸有些疼感　有些羞愧
我想　我也是國家機器上的一粒滾珠
一顆小小的螺絲釘
當我再路過北太平莊　小西天
再路過平安里的時候
我必須告誡自己
不能打盹！這世界不會是太平的
也沒有一刻是平安的

2009 年 1 月 23 日　北京南沙灘

我這樣理解人民

如果我漠視大地，拒絕做一粒卑微的
沙塵；如果我用自己的喉嚨，發出
烏鴉的嘶叫；如果我飛揚跋扈，孤芳自賞
像飄雪一樣健忘，那麼我懇請你把我
刪除！就像你在田野裡刪除一莖稗草
就像我在電腦中刪除一個病句

多麼細小纖弱的顆粒，多麼龐大的
群體啊！當我看見大浪洶湧
把高土搬為平地；當我看見烈焰呼嘯
把最堅硬的鋼鐵，熔為沸水
當我被懸在高處……這時我只能祈求做一根草木
祈求讓風雨的暴力，把我打進森林

誰能倒提著頭顱飛升地面？你說你
是一塊金子，那你無疑是從他們中間
淘出來的；你說你是一片江山
那你也必定是用他們的軀體

堆築而成；而假如你想在他們頭頂

建立王座，他們力舉千鈞的雙手

即刻間便能讓你土崩瓦解，皇冠落地

是的。我就是這樣理解人民的：他們

是一個名詞，但更應該是一個動詞

他們是一片海，深藏撼天動地的偉力

然後我要說：做他們的兒子吧！一生只偎依在

他們胸前。只有這樣你才能明白

什麼叫樹大根深，什麼叫坐懷不亂！

2001 年 3 月 27 日　北京

傅天琳小傳

傅天琳，女，1946年生，四川資中人。曾在一個果園勞動十九年，而後任重慶出版社編輯，現已退休。出版詩集《綠色的音符》、《檸檬葉子》及散文集《往事不落葉》等十餘部。作品曾獲全國中青年詩人優秀詩歌獎、全國優秀詩集獎、全國女性文學獎、《人民文學》優秀詩歌獎、《詩刊》優秀詩人獎、《星星》優秀詩歌獎。已由日本、韓國翻譯出版詩集《生命與微笑》、《五千年的愛》。

評委會評語

傅天琳堅持個性化的藝術追求。她的詩關注現實，思考生命價值，尋找心靈方向，率性而真誠，感情真摯而豐厚，語言優美而樸素。她眼光向下，感覺向內，精神向上，親切真實中達到一種超越境界。

檸檬黃了

檸檬黃了
請原諒啊，只是娓娓道來的黃

黃得没有氣勢，没有穿透力
不熱烈，只有温馨
請鼓勵它，給它光線，給它手
它正怯怯地靠近最小的枝頭

它躲在六十毫米居室裡飲用月華
飲用乾淨的雨水
把一切喧囂擋在門外

衣著簡潔，不懂環佩叮噹
思想的翼悄悄振動
一層薄薄的油脂溢出毛孔
那是它滾沸的愛在痛苦中煎熬
它終將以從容的節奏燃燒和熄滅
哦，檸檬

這無疑是果林中最具韌性的樹種
從來沒有挺拔過
從來沒有折斷過
當天空聚集暴怒的鋼鐵雲團
它的反抗不是擲還閃電，而是
絕不屈服地
把一切遭遇化為果實

現在，檸檬黃了
滿身的淚就要湧出來
多麼了不起啊
請祝福它，把籃子把採摘的手給它
它依然不露痕跡地微笑著
內心像大海一樣澀，一樣苦，一樣滿

沒有比時間更公正的禮物
金秋，全體的金秋，檸檬翻山越嶺
到哪裡去找一個金字一個甜字
也配叫成果？也配叫收穫？人世間
尚有一種酸死人迷死人的滋味
叫寂寞

而檸檬從不訴苦
不自賤，不逢迎，不張燈結綵
不怨天尤人。它滿身劫數
一生拒絕轉化為糖
一生帶著殉道者的骨血和青草的芬芳

就這樣檸檬黃了
一枚帶蒂的玉
以祈願的姿態一步步接近天堂
它娓娓道來的黃，綿綿持久的黃
擁有自己的審美和語言

老姐妹的手

快去看看這雙手

這雙沾滿花香的手，亮麗的手

蝴蝶一樣圍繞山林飛舞和歌唱的手

卑微的手，苦命的手

被泥巴，牛糞，農藥弄得髒兮兮的手

樹皮一樣，乾脆就是樹的手

皸裂，粗糙，關節腫大

總能提前感受風雨的到來

生命的手，神話中的手

滿手是奶，滿手是粥

一勺，一勺，把一座荒山餵得油亮亮的

把一坡綠色餵得肉墩墩的

連年豐收。這雙果實累累的手

年過半百的，退休的手

當年的名字叫知識青年

其實並沒有多少知識

一輩子謙遜地向果樹學習
漸漸地變得像個哲人
懂得該開花就開花，該落葉就落葉

但是這雙手還是哭了
不悲，不傷，不怨，不怒
不為什麼大事就哭了。快去看看它
看看一池子黏稠的暗綠色汁液
原來是漫山遍野的葉子哭了
這雙空空蕩蕩的手
不幹活就會生病的手
被休閒，旅遊排斥在外的手
即將被考古的手！緊緊抓住
根裡的陽光

果園詩人

最後我發現我更願意回到果園去

回到檸檬、蘋果、桃子、杏一樣的人群去

沿著葉脈走一條淺顯的路

反覆詠歎，反覆咀嚼月光和憂傷

我深深地明白，這片林子是和我的青春

一起栽種，和我的幸福一起萌芽的

就是再次把血咳在你的花上

把心傷在你的樹上我也願意

曾經以為僅僅作你的詩人，太小

這是何其難得的小啊我又是何其輕薄

果園，請再次接納我

為我打開芬芳的城門吧

為我胸前佩戴簇新的風暴吧

我要繼續蘸著露水為你寫

讓花朵們因我的詩加緊戀愛

讓落葉因我的詩得到安慰

悼念一棵樹

你和我面對面站著
站著，你卻死了。站得筆直地死了

死在秋天即將來臨
整座橘山就要點亮節日的燈盞

死在戰爭結束前最後一次衝鋒
最後一顆流彈，不幸將你擊中

樹啊，四十年相依為命的親人
四十年狂風，暴雨，連同我為你嫁接的
四條假腿。一起死了

多少謬誤，多少傷害
你為什麼不清點，不抱怨

你死得筆直。卻讓我真真切切地
感覺到痛。讓輓歌低下頭來

捂住胸口。讓我的命跟著斷了一次

樹啊，我曾請求上天給你快樂
給你悲傷。給你酸。給你甜
給你四個季節的血肉

樹啊你曾鋪開全身的鳥鳴
上萬張綠色的旗子顫抖著
淚流滿面

現在，你死了。種樹的人
還有什麼可以向生活炫耀
向生活交待

你死了。請把枝頭幾粒乾癟的紅果
留給我。把你一生的積蓄留給我
你瑪瑙一樣的品質已成稀世之寶

現在我就摘了
當你芬芳的屍骨上升為虹
我手心裡的石頭也將重新萌芽

花甲女生

一大早我就敞開胸懷
從裡到外推開六十道門
放出六十隻雀鳥飛向山林
一大早就開始清掃
全身掛滿消毒水，塑膠袋
我要清掃整整六十年的垃圾

不尋常的一天，我進入花甲
生活殘屑遍地都是
名利的毒進入血管
我早就應該為過剩的營養脫脂

把過期奶粉、油、糖
和過期的榮譽統統倒掉
還有雜念。讓瓶子都空著
在牆上多鑿幾個窗子
讓屋子和心靈一樣通透起來

現在，空曠的屋子盛滿光明
我把客人請到沙發坐下
客人就是我自己。我說喝吧
這杯檸檬水，六十年才慢慢泡淡
化解了所有的酸，所有的苦
留下滿口芬芳

我說秋天已脫下盛裝
能一點點觸摸到生命的冷
歲月兩鬢斑白
日子一天比一天昂貴
要緬懷一次青春，請付費

開始吧！從老年到青年到童年
揭開一層一層時光
為什麼傷口和血、肉還黏在一起
你的自癒功能真是太差
這世上哪有時間治不好的病
你，就是你自己的病根

如此說來還需在房屋一角
放一張懺悔椅。一個不懂得懺悔的人
是不允許進入甲子之門的

當道德的氣息穿透鐵甲
請慢慢體會幸福的容器有多大

你屬草木
上天賜你一雙不具攻擊性的植物的手
柔而不弱，貧而不賤
掩映在盤根錯節的紫藤中，注定
只能探尋泥土，石頭和飛鳥的蹤跡
與一隻甲蟲親密對話

你還像十六歲一樣熱愛花朵，熱愛美
你蒼老的軀幹因熱愛而顫慄
還會為讀到一本好詩集
徹夜不眠，眼含熱淚
我說你呀你這個花甲女生
令人恥笑？有什麼可恥笑的
你敬愛的鄭玲姐姐都可以做耄耋女生
你做一回花甲女生又何妨

談話至此，杯水一滴不剩
你聽得一臉茫然
我的光榮退休的老同志吔
原來心智尚未發育健全

那就簡單說吧
花甲花甲，就是開甲等的花
花開在春天，你在起點

我喜歡的女孩

有一天你穿著紫色衣裙在門口等車
我看了你很久
我對同事說：我喜歡這個女孩

我想這個女孩一定來自於花朵
應該是紫薇。羞澀地，開細碎的花
一朵在純潔裡養大的花

純潔，人類最美的女兒
最容易受到傷害的小女兒

我曾無數次祈禱上蒼
請愛惜她們
大地污染嚴重。那些純潔的花朵
還有青草，樹，多麼不易

你是否想過要做一隻鳥
在腋下，我們都藏著自己的羽毛

只是用於幻想。平時不能動它

而你仙女般纖細的手臂顫動了
絲綢一樣薄薄的羽翼展開了
帶著光線、芳香和一萬個迷惑
朝著不該去的地方，你飛出去了
瞬間，太陽熄滅了

你告別悲情瀰漫的正午
從人生的現場全身撤退
這一刻，天空才是最深的深淵

我喜歡的女孩，我想對你說
即使身處絕境，退後一步，兩步
頂多三步就夠了。你四處找找
在峽谷，在波峰，在石頭縫裡
你一定能取出打開迷途的第三把鑰匙

為什麼不去找找就放棄了呢
真正的苦難你還沒擁抱過呢

我喜歡的女孩，一生中最大的錯
莫過於讓家裡時鐘停擺

讓親人佩戴青紗，揮淚吻你的衣裳
可是我能責備你嗎？責備讓我更加心疼
我甚至不願用一個黑色的字
黯淡了你的面容

在即將上路的前夜
讓我為你點亮燭光，清掃路面
我要像送別天使一樣送你
你永遠是那朵迷我魅我的紫薇
不要忘了，把一座園子帶在身上

台北電話

今天上午
台北電話說
詩人王祿松走了

驚愕。不信。痛惜
八個月前，我還在金華聽過他
激情澎湃的演講
感覺他身體挺好，有用不完的才情

王祿松，和他名字一樣
是一株綴滿針葉和果實的樹
這樣的樹，沒有理由說斷就斷
「葉子被風刮斷了
枝柯用疼痛在風中寫詩」
我相信詩人都會守自己的諾言
他只是葉子隨風去了
樹還會回來

可是台北電話說
這棵樹不會回來了
他已走進阿里山的靈魂
青蒼地消失。一路撒落的松籽
請朋友們細心拾掇
台北將匯聚成冊，作為悼詞

我没法阻止我的詩句在瞬間斷裂
没法阻止一種粉末狀的懷念
從木頭裡掉出來，黑黑的，黏黏的
接著在屋裡亂翻
想翻出台北陳年的風雨

我找到一疊詩箋，一封電傳
紙上的花鳥依然鮮活
我不能相信台北電話
不相信尊敬的王禄松先生
和他的智慧小語
會在這個陽光明媚的六月
遭遇急剎車

給七歲小學生講詩

詩長得什麼樣
詩人長得什麼樣
七歲小學生在等待中問校長

詩人就是大街上的老婆婆
提著籃子
把星星點點的生活撿拾起來
比如蘋果，草莓，帶泥的蘿蔔
回家用清水洗洗
她發現這一天多麼明亮

比如你們進校第一天
親手種下的樹；比如草地
足球、升旗儀式、成長牆
比如今天你們的問題
一個兩個三個；給她的籃子
添了多少可愛的花蕾和小燈

一個人

一個不會做小學三年級數學題的人
一個記不住工資卡密碼，把自己
拿去掛失的人，一個看見五位數
就要扳著指頭數個十百千萬的人

一個人乘車有人讓座，上公園買半票
一個坐享福利的人，一個老人
老了老了，才知道
小廚房一滴油一粒米一棵菜
都與國家經濟息息相關

一個人，老了老了才開始關心
GDP、CPI、PPI，關心各種數據
閱讀有關金融、債券、次貸危機
通貨緊縮等等全球性詞語
一個誠實本分的人，最怕
心靈負債，最怕用自尊作抵押
年輕時透支借用榮譽，立下字據

正用一生的不懈努力來贖回

不是自己的別墅不能住
不是自己的銀子不能要。這樣的
一個老人啦，老了老了還想弄明白
為什麼大洋彼岸一場風暴
會打得地球焦頭爛額
虛妄不可救藥，被凍僵的經濟數字
誰能打開智庫，搬動厚厚的冰雪
讓它們起死回生

「信心比貨幣和黃金更重要」
一個人聽到這句話
從椅子上站起來鼓掌
春天已從東方的站台起程
一個人和這個世界，方醒悟過來
需要重新發現東方

北方

這是最好的季節
無人能托起一個秋天的重量

只有上蒼擺放於北方的餐桌
巨大，豐盛
那張油浸浸的黑色台布
轉動日月星辰
轉動稻穀、玉米、大豆、高粱

田野佩戴紅纓
陽光揚起白馬的鬃，輝煌而高傲
我一頭撞進熱鬧的大地婚禮
把自己等同於莊稼
等同於一壟一行

一眼望去，黃了，滿了
我這個經歷荒年，刻骨銘心的人
穿過野菜，蕨頭和饑餓的記憶

找到在代食品店排隊的自己，問
你在想什麼
我在想——黃了滿了的糧倉

地要深翻，肥要多施
一粟一穗要供奉在最高的聖殿
地球正處於消費的狂熱期
人啊，看緊你的餐桌，你的碗
你碗裡的飯，碗裡的湯

收穫以噸計，喝酒以畝計
在北方，不會喝酒也要喝個半畝
再種上一萬畝遼闊
送給自己的胸懷
然後扛著北方回老家
扛著新採的榛蘑和上好的雜糧

青海湖

是誰，有著這麼巨大的悲傷
或者這麼巨大的幸福
把一滴淚放在青藏高原

就成了一滴穿透時空的
海水藍。是誰告訴我
聖潔這個詞，一生只能獲得三次
我得慎用。現在這個時刻到了

這個時刻，藍了。又是誰
乘白雲掠過機翼，催促我
　快帶上血液，白髮，激情
還有詩歌，融入這片藍

離太陽最近，至高無上的藍
蘊藏愛的寶石，淚的金子的藍
在夢想和恩典中飛翔不止的藍
青海湖，2007 年的藍

現在，我用目光把你輕輕提起
丈量魚的深度和鳥的高度
一寸寸打開自己的空間

雷平陽

雷平陽小傳

　　雷平陽，男，漢族，1966 年秋生於雲南昭通市土城鄉歐家營，1985 年畢業於昭通師專中文系。一級作家，現供職於昆明市文聯。著有《風中的群山》、《雲南黃昏的秩序》、《普洱茶記》、《我的雲南血統》、《雷平陽詩選》和《雲南記》等作品集。曾獲《人民文學》詩歌獎、《詩刊》華文青年詩人獎、華語文學盛典詩人獎和詩選刊中國年度最佳詩歌獎等獎項。

評委會評語

　　詩人懷著一顆大愛之心，在雲南的大地上穿行，在父老鄉親的生命歷程中感悟，在現實的土地和歷史的星空中往返，打造出一片神奇、凝重、深邃的詩的天空，流貫其中的精神則超越了地域限制，而具有普通人性的價值。

德欽縣的天空下

不能再遠了，我已來到了
雪山林立的德欽縣。好多年沒有
在如此遙遠的地方獨處了
天啊，我似乎真的找到了一個
只有一個人居住的縣。我真的看見了
沒有人的雪山。我真的像一個
鄉下的木匠，建起了一座永恆的聖殿
彷彿，我真的，有了一次機會，在佛塔裡
走丟了，卻又活著，從其尖頂爬了出來

奔喪途中

一個世界終於靜下。不再
端著架子：有的聲音的確醉人
耳朵卻已經失靈。滇東北的山野
處處都有絕處逢生的風景，那一雙眼睛
卻被掏空了。關閉了。土地
貧瘠或豐饒，已經多餘
那一個人，他的手腳，已經休息……
在 360 公里長的高速路上，我亦感到
有一個人，從我的身體裡
走了出去，空下來的地方，鐵絲上
掛著一件父親沒有收走的棉衣

末日

在廣州，有人問我
什麼是末日？我没有多想
脫口而出：佤山的巫師，基諾山的
白臘泡，雪山上的天葬師⋯⋯
當他們用漢語佈道時，世界已死

如果漢人，被迫講英語，他們死之前
唯一的願望，只是想找一個懂漢語的人
和他一道，痛痛快快地
再講一次漢語，世界已死

在墳地上尋找故鄉

酒又喝多了。山地上的宴席
一個人，消受不了
那麼多的蟲聲和星光。隔著厚厚的紅土
我和下面的人說話，野草瘋長……
從野草和土丘之間的空隙
眺望幾公里外，我生活過的村莊
那兒燈火通明，機聲隆隆，它已經
變成了一座巨大的冶煉廠
一千年的故鄉，被兩年的廠房取代，再也
不姓雷，也不姓夏或王。堆積如山的礦渣
壓住了樹木、田野、河流，以及祠堂
我已經回不去了，試探過幾次
都被軍人一樣的門崗，攔截在
布滿了白霜的早上。就像今晚
以後的每一年清明，我都只能，在墳地裡
扒開草叢，踉踉蹌蹌地尋找故鄉

火車開往暗處

一列火車往暗處駛去
它的車廂，全部放空。可它跑得
多麼沉重，像拉著一車的
鉛錠或民工。像拉著屠宰場的案桌
像拉著墳頭上的幾棵蒼松……
在沮喪和絕望中，它途經了
很多個省市和三角洲
那書本上的江南，迎面開來
一艘艘工廠的巨輪，販賣明月和秋風
有一條大江，煙囪一樣，筆直地
站了起來，青山當佛閣，抖落下來的
卻是無處藏身的魚骨。這列火車
沒有受到阻遏，它空蕩蕩的車廂
卻因此更加沉重。裡面鼓吹的秋風
似乎變成了龐大的煉鋼爐
沃爾瑪和皮革之都。它不知道
哪兒會是真正的暗處，但在一個
三等小站，它停了下來，希望能查出

必須運往的暗處的東西，還有什麼
沒有帶上。一個列車長的絕望
在於他只看見了虛空。帶上的或
沒有帶上的，全都叫不出名字
抓不住形體，比如欲望，比如強橫
比如天空裡廢棄的廟堂。他只好
長長地、重重地，又一次鳴笛
開著這列火車，一頭扎進了暗處
那一夜，許多沒有睡去的人
都聽見了，一個虛擬世界
摔碎在淵藪裡時發出的巨響
像世界的外面，發生了一場山崩

梅里雪山

經幡升不上去了，它已經
窮盡了人的虔誠
我匍匐著來到這兒，不為登高
也不尋找天堂的入口，只想在山腳
做幾天一塵不染的異教徒
用它那沒有盡頭的高、白、冷
和無，教訓一下體內的這頭怪獸

窮人啃骨頭舞

我的洞察力，已經衰微
想像力和表現力，也已經不能
與怒江邊上的傈僳人相比
多年來，我極盡謙卑之能事
委身塵土，與草木稱兄道弟
但誰都知道，我的內心裝著千山萬水
一個驕傲的人，並沒有真正地
壓彎自己的骨頭，向下獻出
所有的慈悲，更沒有抽出自己的骨頭
讓窮人啃一啃。那天，路過匹河鄉
是他們，幾個喝得半醉的傈僳兄弟
攔住了我的去路。他們命令我
撕碎通往天堂的車票，坐在
暴怒的怒江邊，看他們在一塊
廣場一樣巨大的石頭上，跳起了
「窮人啃骨頭舞」。他們拚命爭奪著
一根骨頭，追逐、鬥毆、結仇
誰都想張開口，啃一啃那根骨頭

都想豎起骨頭，抱著骨頭往上爬
有人被趕出了石頭廣場，有人
從骨頭上摔下來，落入了怒江
最後，又寬又高的石頭廣場之上
就剩下一根誰也沒有啃到的骨頭……
他們沒有謝幕，我一個人
爬上石頭廣場，拿起那根骨頭道具
發現上面布滿了他們爭奪時
留下的血絲。在我的眼裡
他們洞察到了窮的無底洞的底
並住在了那裡。他們想像到了一根
無肉之骨的髓，但卻難以獲取
當他們表現出了窮人啃骨頭時的
貪婪、執著和猙獰，他們
又免不了生出一條江的無奈與陰沉
——那一夜，我們接著喝酒
說起舞蹈，其中一人脫口而出
「跳舞時，如果真讓我嚐一口骨髓
我願意去死！」身邊的怒江
大發慈悲，一直響著
骨頭與骨頭，彼此撞擊的聲音

荒城

雄鷹來自雪山，住在雲朵的宮殿
它是知府。一匹馬，到過拉薩
運送布料、茶葉和鹽巴，它告老還鄉
做了縣令。榕樹之王，枝葉匝地
滿身都是根鬚，被選舉為保長
——野草的人民，在廢棄的街上和府衙
自由地生長，像一群還俗的和尚

哀牢山的雨季

抗戰那些年，西南聯大在雲南
教授研究莊子，但性格乖戾
一個匪首深知他的嗜好，五斤鴉片
請他寫母親的碑記。那是哀牢山
瘴氣和流疾，重重籠罩的時候
十步之內，就有一個人，在地上喘息
死去，變成墳。他坐上轎
從昆明出發，走了半個月
山一程，水一程，靈魂在前面
跑得飛快。轎夫們說：「這個人不重
我們就像抬著空轎子！」
是的，教授的骨頭很輕
他在那兒，一住就是半年
直到濕漉漉的雨季，過去了很久
這才依依不捨地啟程。他寫的碑記
我去查找過，荒草叢中，有著
我們久已生疏的華美、哀歎和感恩
殺人如麻的匪首，躲在母親的白骨下

是一個值得緬懷的英雄和孝子……
唉，時間過得真快啊
一眨眼，又是一個輪迴

碧色寨的機器

舊時代的鐵，風一吹

就是一個窟隆。不知名的野花和青草

扛著它們的腿、胳膊和心臟

若獲浮財，喜氣洋洋，朝著天空之家

快速地運送。掉下一堆螺絲和軸承

像上帝餐床上落下的麵包屑

上帝的牙齒一直沒有停過，見山

嚼山，見水嚼水，機器端上餐桌

豈有不嚼之理？旁過的小屋中

住著 90 歲的女人蕭雅清，她曾經是

上帝的婢女。這些機器，以前

她見過它們，噴著霧汽，在上帝的眼皮下

跑來跑去。那時候，它們意味著

目標、力量和革命，壓斷人腰

也用不著懺悔。蕭雅清說：「我在等死，像鐵

等了很久了。」她安靜的力量比機器

還妖魅。是的，上帝至今

沒有招回她的意思。她比鐵還硬，每天還讓她

爬一次山，山上埋著機器的主人——
一個法國工程師，上帝的另一個僕人
我到過那兒 1910 年前的教堂
上帝早就走掉了，堆著的另一些機器
似乎一直在暗中，力挺蕭雅清
它們渾身抹著厚厚的黃油，知道主人是誰
卻又不知道主人為何丟下它們，在哪兒鬧革命

塵土

終於想清楚了：我的心
是土做的。我的骨血和肺腑，也是土
如果死後，那一個看不見的靈魂
它還想繼續活著，它也是土做的
之前，整整四十年，我一直在想
一直沒有想清楚。一直以為
橫刀奪取的、離我而去的
它們都是良知、悲苦和哀求
都是貼心的恩膏、接不上氣的虛無
和隱秘的星宿。其實，這都不是真的
它們都是土，直白的塵土
戴著一個廉價的小小的人形護身符

礦山屠狗記

落日下的礦山。黑色的工人
三三兩兩，從最黑的地方，回來了
在洞口，他們扶著山體或礦車，暗自慶幸
並慢慢地適應，浩浩蕩蕩的光
又一次活著回來，躲在他們耳朵裡
朗讀恐嚇信的死神，有些氣急敗壞
抓一把煤，把臉抹黑，跳出來
晚風似的，嗚嗚嗚，跑回了礦洞
他們中的一個，翻著白眼，裂開紅嘴
吆喝了一聲，其他人就跟在了背後
之前，面對這些黑黝黝的金剛
他承諾過：半年之內，如果誰都沒有
隱姓埋名，他就殺狗，請大家吃酒
工棚建在山腳，落日的光線中
像山海的一個渡口。他們邊走
邊說著黃段子，彷彿一塊塊煤炭
在火爐裡，跳著一種寂靜而又熾熱
的裸舞。黑顏色，黑得近乎赤誠

黑得像他豢養的那一條狗

回到工棚，有人磨刀，有人燒水

其他的人，坐在旁邊玩起了紙牌

他的黑狗，不知道主人的承諾

像往常那樣，跑過來，伸出

舌頭，見人就舔。舌頭，由紅色

很快就變得漆黑。沒有任何鋪墊

當狗來到他的手邊，刀光一閃

地上就多了一汪血泊。正是那一瞬間

打牌的人，出錯或大捷，發出了

一聲聲尖叫，他便把手中的狗和刀

扔到地上，走向了牌桌。沒有意識到

自己滿手是血，他還伸手去抓牌

弄得滿桌都是血污。也就幾分鐘吧

當他滿臉堆笑地轉過身來

他愣住了，繼而臉色大變

——親手殺死的狗，不見了，地上

只剩下那汪狗血：「狗呢？我的狗……」

圍著工棚轉了幾圈，他對著黑下來

的夜幕，不停地叫吼。工友們

面面相覷，異樣的不安和驚恐

促使他們，一一逃離了現場

似乎那去了礦洞的死神又回來了

從他們的刀下，帶走了狗，並把凶兆
散布在黑暗的山頭。整整一個晚上
他都在礦山上尋找，燒了一堆
又一堆紙錢，祭山神，求它寬恕
別把那條狗，悄悄地收走……
多麼令人意外，一個月過去
兩個月過去，預想中的礦難沒有發生
相反，第三個月，人們的疑慮未消
那條狗，牠回來了，歪著頭
脖子上巨大的刀疤，毛遮不住
像一塊凸出體外的多餘的肉瘤
真是一條好狗啊，在礦山上
就如從前，牠一樣地搖著尾巴
伸著長長的舌頭，見人就舔
也不關心人們為什麼要躲閃
又過了幾個月，這條狗
還生下了一窩崽子。没人敢要的崽子
牠每天獨自領著，像群幽靈
在礦山，自由自在地出没
有時，牠躺在礦洞口，崽子們
就惡狠狠地吮吸牠的乳汁，人們見了
紛紛避開，交頭接耳，有了更多的驚恐
更多的時候，牠們守著工棚

對那個殺狗的礦工，一點也不記仇
吊詭的是，某個深夜，狗的主人
沒跟任何人打招呼，獨自走了
他已經忍受不了，耳朵裡死神
無止無休的朗讀。與其他人一樣
他覺得，這條狗的返回，帶來了
另一個看不見的，更黑、更深的礦洞

國家圖書館出版品預行編目資料

魯迅文學獎作品選 . 2, 詩歌卷 . -- 初版. --
臺北市：人間, 2013. 11
216 面：15×21 公分

　ISBN 978-986- 6777-67-7（平裝）

831.86　　　　　　　　　　　102023223

魯迅文學獎作品選 2

詩歌卷

出版者　人間出版社

發行人　呂正惠

社長　林怡君

地址　台北市長泰街 59 巷 7 號

電話　02-2337-0566

郵撥帳號　11746473 人間出版社

排版印刷　龍虎電腦排版股份有限公司

電話　02-8221-8866

登記證　局版台業字第三六八五號

初版　2013 年 11 月

定價　新台幣 180 元